L'ESCOLE DES FILLES

ou La Philosophie des dames

Anonyme

Classique Érotique

L'ESCOLE DES FILLES

ou La Philosophie des dames

Écrit par Anonyme

RETROUVEZ TOUS NOS GRANDS CLASSIQUES ÉROTIQUES

GRANDS classiques .com

sur www.grandsclassiques.com

*Corrigé et augmenté d'un combat du Vit et du Con,
d'un dialogue entre le Fouteur et Perrette ; et une
instruction des Curiositez, dont la méthode de trouver
est marquée par leurs nombres suivant les tables*[1].

---

1. Par commodité, les « tables » mentionnées ont été composées en notes de bas de page (note de l'éditeur).

Epistre invitatoire aux filles

    Belles et curieuses damoiselles, voici l'Escole de votre sagesse, et le recueil des principales choses que vous devez sçavoir pour contenter vos maris quand vous en aurez ; c'est le secret infaillible pour vous faire aimer des hommes quand vous ne seriez pas belles, et le moyen aysé de couler en douceurs et en plaisirs tout le temps de votre jeunesse.

    C'est une foible raison, mes dames, que celle de vos mères, pour vous défendre de sçavoir les choses qui vous doivent servir un jour, de dire qu'elles ont peur que vous en usiez inconsiderement, et il vaudroit mieux, à mon advis, qu'elles vous en donnassent une pleine licence, afin qu'en choisissant vous-mêmes ce qui est bon, elles fissent esclater davantage par ce choix votre honesteté.

    Aussi je veux croire, mes belles, qu'en ceste Escole vous prendrez seulement les choses qui vous sont propres, et que celles d'entre vous qui auront envie d'estre mariées auparavant n'useront point de ces préceptes que quand il en sera temps, là où les autres qui auront plus de haste et qui prendront des amis par avance pour en essayer, le feront avec tant d'adresse et de retenue devant le monde, qu'elles ne témoigneront rien qui puisse choquer tant soit peu la bienséance et l'honesteté. C'est une belle chose que l'honneur, dont il faut qu'une fille soit jalouse comme de sa propre vie ; elle ne doibt non plus estre sans cet ornement que sans robe, et certainement elle n'a pas l'honneur et l'esprit du monde quand elle n'a pas l'industrie et l'adresse de cacher ce qu'il ne faut pas qu'on sçache.

Je vous invite donc, mes belles, à lire soigneusement ces préceptes et à bien estudier les enseignements que Susanne *donne à* Fanchon *; ils sont d'autant plus exquis et considérables qu'ils partent d'une plume tout à fait spirituelle, et d'un homme de ce temps qui a esté aussi recommandable à la cour par son bel esprit que par sa naissance. Toute la grâce qu'il vous demande pour les instructions gratuites qu'il vous donne, et toutes les prières qu'il vous fait, c'est d'en faire le récit à vos compagnes, et si vous n'en avez point le temps, de les envoyer à l'Eschole.*

Soubs le règne de Loüis treisiesme, d'heureuse mémoire, Robinet, fils d'un marchand de Paris, bien fait de sa personne et qui pour ses grandes richesses avoit quitté le trafic de son père, se mettant à hanter les bonnes compagnies, devint amoureux d'une jeune fille nommée Fanchon, belle par excellence, mais un peu trop simple, pour avoir toujours esté nourrie soubs l'aisle de sa mère, qui estoit une bonne bourgeoise et dans la maison de laquelle il avoit liberté de la voir quand il vouloit. Ayant long temps caché la passion qu'il avoit pour elle, et voyant qu'il ne la pouvoit gagner à soy, pour sa trop grande simplicité, il s'avisa de pratiquer une autre fille de son quartier, nommée Susanne, plus expérimentée que l'autre, et qui pour estre un peu moins belle, n'en estoit pas moins sçavante et spirituelle en amour, et qui avoit mesme, pour plus de commodité à son dessein, quelque rapport de parenté avec elle. Il fait donc si bien qu'il la gagne à force de présens pour luy persuader de mettre l'amour à la teste de sa cousine, et estant partie à cest effect, ayant premièrement instruit Robinet de ce qu'il devoit faire, elle empaume si bien l'esprit de la jeune Fanchon, par ses discours comme de fil en esguille, et lui sait si bien représenter les douceurs de l'amour, dont elle jouissait d'une bonne partie, avec des instructions et des naïvetez si plaisantes, qu'elle lui en fait venir l'eau à la bouche, et l'oblige enfin à consentir que Robinet vienne en cachette lui faire sentir les douceurs de l'amour. Il arrive à point nommé comme leur discours finissoit, et Susanne aussitost s'étant retirée pour les laisser seuls, il trouve son escolière sur le lict, qui l'attendoit, dont il jouit à son souhait, et la dépucelle. Voilà le sujet du premier dialogue.

Au second, Susanne estant revenue quelques jours après pour sçavoir de sa cousine comment elle se trouvoit de ses amours et de son dépucellage, elle lui en fait rendre un compte exact, et ces deux filles en suite s'estant engagées en des discours qui leur plaisoient, elles s'arrestent à s'enquérir et examiner tout ce qui appartient à l'amour et à son jeu, et le font avec des questions si rares et chatouillantes et plaisantes, si nouvelles, si subtiles et si convaincantes, qu'elles inspirent l'amour en les lisant, et je m'asseure que les plus dégoustées de ces dames y trouveront de quoy se satisfaire.

Icy l'auteur fait une excuse très humble aux filles de ce qu'il se sert plus souvent des mots de foutre et chevaucher que de pas un autre ; c'est qu'il dit qu'ils sont plus en usage.

Bulle orthodoxe

Nostre auguste père de Priape fulmine anathème contre tous ceux de l'un et de l'autre sexe qui liront ou entendront lire les préceptes d'amour, expliquez morallement en la célèbre Escole des Filles, sans spermatiser ou estre stimulés de quelque émotion spirituelle ou corporelle ; comme aussi il concède indulgence plénière à tous les religieux de l'ordre de nature, de corps vereux que la débilité de l'âge ou l'action fréquente causera, et béatise en l'autre monde les infortunés pèlerins qui souffriront constamment en cestui cy les travaux du périlleux voyage de furie.

A monsieur Mililot sur son escole des filles

Madrigal

Autheur foutu d'un foutu livre,
Escrivain foutu de Cypris,
Qui dans tous tes foutus écrits
Fais voir que bien foutre est bien vivre,
Cent arguments foutus dont tu fais tes leçons,
Pour faire foutre en cent façons,
N'éterniseront pas ta plume.
Non, ce gui te rendra pour jamais glorieux,
C'est que dans ton foutu volume,
Par une nouvelle coutume,
Ta prose nous fout par les yeux.

Premier dialogue

Susanne et Fanchon, personnages.

Susanne : Bon jour, Fanchon.

Fanchon : Ha ! bon jour, ma cousine, et vous soiez la bien venue. Mon Dieu ! que je suis ravie de vous voir ! et quel bon vent vous ameine donc icy à cette heure que ma mère n'y est pas ?

Susanne : Rien du tout que pour te voir, m'amie, et causer un petit avec toy, car il m'ennuyoit, je t'asseure, et il y avoit trop longtemps que je ne t'avois point veüe.

Fanchon : Que vous ne m'aviez point veüe ? Vrayement je vous suis bien obligée de tant de peine. Et ne vous plaist-il donc pas de vous asseoir ? Vous voiez, il n'y a icy personne que moy, avec nostre servante.

Susanne : Pauvre fille, que fais-tu là ? Tu travailles.

Fanchon : Ouy.

Susanne : Hélas ! je pense que c'est là ton plus grand affaire, car tu ne sors presque point de la maison, et les femmes te peuvent bien venir voir à ta chambre si elles veulent, car pour les hommes, c'est comme un couvent de religieuses, et il n'y en entre non plus que s'il n'en estoit point au monde.

Fanchon : Hélas ! je vous laisse dire, ma cousine. Mais aussi, que ferois-je des hommes, à vostre advis, s'il n'y en a point qui pense à moi ? Et puis ma mère dit que je ne suis pas encore assez bonne à marier.

Susanne : Pas bonne à marier[1] ! une fille de seize ans, grande et grasse comme tu es ! Voilà bien débuté pour une mère qui devroit songer à ton plaisir autant comme elle a fait au sien. Et où est l'amour et charité des pères et mères envers leurs enfants ? Mais ce n'est point encore cela que je te voulois dire, car, dis-moy, au pis-aller, es-tu simple de croire qu'on ne puisse avoir compagnie d'homme sans estre mariée ?

Fanchon : Nenny vrayement, vous ne me dites rien de nouveau, et ne sçavez vous pas aussi qu'il en vient icy assez souvent.

Susanne : Qui sont-ils donc, ces hommes-là ? car je n'en vois point.

Fanchon : Qui ils sont ? ah ! il y a premièrement mes deux oncles, mon parrain, monsieur de Beaumont, mon cousin de la Mothe, et tant d'autres.

Susanne : Holà ! c'est bien de ceux-là que j'entends ! ce sont des parens, ceux-là, mais je dis des estrangers, moy.

Fanchon : Et bien ! des estrangers, n'y a-t-il point du Verger, du Moulin, monsieur de Lorme et le jeune monsieur Robinet,

---

1. Remarque de l'âge plus propre à marier les filles.

que je devois nommer le premier, car il y vient assez souvent, luy, et me dit assez de fois qu'il m'aime et bien d'autres choses où je ne comprends rien. Mais à quoy me sert cela ? je n'ai pas plus de plaisir avec ces hommes-là qu'avec ma mère et ma tante qui me font rire quelquefois, et j'ayme mieux qu'il n'en vienne point du tout, que de voir ces simagrées qu'ils font[2] ; car quand je parle à eux, ils sont toujours avec plus de cérémonie et me regardent avec des yeux comme s'ils avoient envie de me manger, et au bout du compte ne me disent point un mot qui vaille ; et quand ils s'en retournent, à leur dire, ils sont aussi peu contents comme quand ils estoient venus, et voilà bien de quoy me contenter ; pour moy je suis lasse de tant de façons.

Susanne : Mais ne te disent-ils pas quelquefois que tu es belle, et ne te veulent-ils pas baiser ou toucher en quelque endroit ?

Fanchon : Ho ! ouy bien pour cela, ma cousine ; mais Dieu ! qui est-ce qui vous l'a donc dit ? Je pense que vous devinez ou que vous estiez derrière eux quand ils me parloient, car je vous asseure que c'est la plus grande partie de ce qu'ils me content, de dire que je suis belle, et quelquefois ils approchent leur bouche de la mienne pour me baiser et me veulent mettre les mains sur les tétons ; ils disent bien qu'ils prennent plaisir à toucher cela, mais pour moy je dis que je n'y en prends pas.

Susanne : Et les laisses-tu faire quand ils veulent faire ces actions-là ?

---

2. Premiers tesmoignages d'amour des garçons envers les filles.

Fanchon : Vrayement nenny, car ma mère m'a dit que ce n'estoit pas bien fait de souffrir ces choses-là[3].

Susanne : Hé ! que tu es innocente quand je t'écoute parler, et que tu es encore ignorante en tout ce que tu dis.

Fanchon : Et qu'est-ce donc à dire cela, ma cousine ? et y a-t-il quelque chose à sçavoir que je ne sçache point ?

Susanne : Il y a tout, et tu ne sais rien.

Fanchon : Dites-le moy donc, de grâce, afin que je l'apprenne.

Susanne : Voilà ce que c'est d'escouter toujours une mère et prester jamais l'oreille aux paroles des hommes.

Fanchon : Et qu'est-ce que les hommes nous apprennent tant, ceux-là qu'on dit estre si méchants.

Susanne : Hélas ! je le sçay depuis peu, ce qu'ils nous apprennent, à mon grand plaisir. Ils ne sont pas si meschants que tu penses, mon enfant, mais tu es aussi esloignée de le sçavoir qu'un aveugle de voir clair, et tant que tu seras privée de leur compagnie et de leurs conseils, tu seras toujours dans une stupidité et ignorance qui ne te donnera jamais aucun plaisir au monde[4]. Car, dis-moy, en l'estat où tu es, comme une fille qui est toujours avec sa mère, quel plaisir as-tu que tu me puisses dire ?

---

3. Rigueurs des mères et sottises des filles qui refusent les garçons et leurs caresses.

4. Filles ignorantes pour ne pas prester l'oreille aux paroles des hommes.

Fanchon : Quel plaisir ? j'en ay plusieurs, ma cousine. Je mange quand j'ay faim, je bois quand j'ay soif, je dors quand j'ay sommeil, je ris, je chante, je danse, je saute, je vais me promener quelquefois aux champs avec ma mère.

Susanne : Tout cela est bel et bon, mais tout le monde n'en fait-il pas de même ?

Fanchon : Et comment donc, ma cousine, y a-t-il quelque sorte de plaisir que tout le monde n'a pas ?

Susanne : Vrayement ouy, puisqu'il y en a un que tu n'as pas, lequel vaut mieux que tous les autres ensemble, tout ainsi que le vin vaut mieux que l'eau de la rivière[5].

Fanchon : Je demeure maintenant d'accord que je ne sçais pas tout, ma cousine, et ne sçais non plus quel est ce plaisir dont vous me parlez, si vous ne me le montrez autrement.

Susanne : Mais est-il possible que ces hommes à qui tu parles si souvent, et particulièrement monsieur Robinet, ne t'en ayent rien dit ?

Fanchon : Non, je vous asseure, ma cousine ; si c'est quelque chose de bon, ils n'ont pas eu la charité de me le dire.

Susanne : Comment, si c'est quelque chose de bon ! C'est la meilleure chose du monde. Mais ce qui m'estonne plus que le reste, c'est que monsieur Robinet ne t'en ayt rien dit, luy qui t'a

---

5. Excellence du plaisir d'amour.

toujours montré plus d'affection que les autres ; il faut que tu luy ayes rendu quelque desplaisir.

Fanchon : Hélas ! au contraire, ma cousine ; il le sçait bien, et quand il soupire et se plaint auprès de moy, bien loin que ce soit moy qui luy cause ce mal, je luy demande toujours ce qu'il a et luy proteste toujours de bon cœur que je voudrois pouvoir quelque chose pour son soulagement[6].

Susanne : Ah ! je commence à cette heure à comprendre votre mal à tous deux. Mais quand il dit qu'il t'aime, ne luy dis-tu point que tu l'aimes aussi ?

Fanchon : Non, ma cousine, car à quoy cela serviroit-il ? Si je croiois que cela fust bon à quelque chose, je le luy dirois, mais comme il n'est bon à rien, je ne me sçaurois contraindre à luy dire.

Susanne : Voilà qui t'a trompée, pauvre fille, car si tu luy avois dit que tu l'aimes, il t'auroit infailliblement monstré le plaisir que je te veux apprendre, mais il n'a eu garde jusques icy, puisqu'il luy estoit impossible à moins que tu ne l'aimasses.

Fanchon : Certes, vous me dites là une chose estrange, ma cousine, que pour aimer un homme de la sorte, on doit avoir tant de plaisir ; car il me semble que quand j'aimerois Robinet et cent mille autres avec luy, je n'y en aurois pas davantage qu'en ne les aimant point.

---

6. Simplicité d'une fille qui ne sçait ce que c'est d'amour ny à quoy il est propre.

Susanne : Cela seroit bon à dire, grosse sotte, si on estoit toujours à se regarder, mais que penses-tu ? dame, on se touche quelquefois.

Fanchon : Mais je l'ay aussi touché plusieurs fois, et bien d'autres garçons aussi, mais je n'ay point eu pour cela plus de plaisir.

Susanne : Tu ne touchois que les habits, mais falloit toucher autre chose.

Fanchon : Oh ! de grâce, ma cousine, ne me faites plus languir, si vous m'aimez, car je n'entends rien à tout cela ; dites moy naïvement ce que je devois faire pour estre si contente avec luy.

Susanne : Pour ne te plus tenir en suspens, tu dois sçavoir qu'un garçon et une fille prennent ensemble le plus grand plaisir du monde, et si cela ne leur couste rien du monde[7].

Fanchon : Ha ! ma cousine, que j'ay desjà d'envie de le sçavoir. Hé ! qu'est-ce, et comment est-ce ?

Susanne : Donne toy patience, et je te diray tout. N'as-tu jamais veu un homme qui fust tout nud ?

Fanchon : Non, jamais en ma vie ; j'ay bien vu quelquefois des petits garçons.

---

7. Préparation aux filles pour l'instruction du plaisir d'amour.

Susanne : Tout cela n'est rien ; il faut qu'ils soyent grands, tout au moins de l'âge de dix et sept ans, et que la fille en ayt quinze[8].

Fanchon : Cela estant, non, je n'en ay donc point veu.

Susanne : Escoute, ma pauvre cousine, je t'aime trop pour te rien celer : n'en as-tu pas veu quelqu'un qui pissât, et cest affaire avec quoy il pisse ?

Fanchon : Ouy, bien cela, ma cousine ; j'en ay une fois vu un dans la rue qui pissoit contre une muraille, et qui tenoit quelque chose en la main que je ne pouvois deviner[9], et comme il me vit venir du long du mur, il se retourna vers moy, et me fit voir comme un bout de boudin blanc qui estoit assez long, dont je m'esmerveillai que je n'en avois point de pareil.

Susanne : Et c'est tant mieux, pauvre ignorante, que tu n'en ayes point, car cela feroit que tu ne pourrois recevoir ce grand plaisir, mais je te diray encore à ceste heure bien des choses dont tu seras encore plus estonnée.

Fanchon : Ma cousine, vous m'obligerez, mais que je vous dise encore ceci auparavant : n'y a-t-il que les garçons et les filles qui peuvent avoir ce plaisir ?

---

8. Age propre à commencer l'amour aux garçons et aux filles.
9. Petite description par parenthèse et nécessaire en ce lieu, d'un homme qui pisse et d'un vit quand il ne bande point.

Susanne : Vrayement, nous sommes bien loin de compte, il y en a de toutes les façons[10] ; il y a premièrement donc les garçons et les filles, et il y a les messieurs et les dames, qui est une autre façon, et de plus les maris et les femmes, mais tout cela s'appelle communément les hommes et les femmes.

Fanchon : N'y a-t-il pas de différence entre eux pour ceste chose-là ?

Susanne : Le mary et la femme, cela est bon, vois-tu, mais il n'est pas encore si bon que les autres, à cause qu'il est plus ordinaire et que c'est leur pain quotidien ; car c'est la difficulté et la rareté qui rend cela un petit meilleur, d'où vient que les femmes, pour prévenir à tout, quand elles sont mariées elles ont toujours des messieurs qui le leur font en cachette, à cause que le mary ne le veut pas et qu'il en seroit jaloux s'il le sçavoit.

Fanchon : Et pourquoy ne le veut-il pas ?

Susanne : C'est un autre fait, et nous le dirons tantost pourquoy, mais le mary va bien chercher aussi ailleurs quand il est dégousté de sa femme, et tesmoin ton père qui a donné le plaisir à Marguerite, la servante que vous avez chassée. C'est pour cela que vous eustes tant de bruict dernièrement au logis. Hé bien ! ta mère, qui est encore belle et qui sçait cela, penses-tu qu'elle n'ait pas quelques messieurs, en secret, qui lui viennent faire ?

---

10. Généralité du plaisir d'amour, et du grand nombre de personnes qui s'en meslent, avec une division là-dessus.

Fanchon : Je ne sçais pas, ma cousine, mais les messieurs et dames, qu'est-ce ?

Susanne : Celui-là est bien-plus plaisant que les autres. Les messieurs, ce sont des personnes bien faites, mariez ou d'âge pour l'estre, qui cherchent à donner le plaisir aux femmes, et Paris en est tout plein ; et les dames sont les femmes mariées ou veufves qui sont encore belles, et la plupart de grande condition, à qui les messieurs viennent donner le plaisir chez elles.

Fanchon : Vous me surprenez, ma cousine ; et les garçons ?

Susanne : Les garçons et les filles, c'est le plus plaisant de tout, parce qu'ils sont plus frais et plus jeunes et que la jeunesse est bien plus propre à cela[11]. Mais desquels dirons-nous, à ton avis, pour t'instruire ?

Fanchon : Ma cousine, disons des garçons, qu'il y a plus de plaisir.

Susanne : Des garçons, soit. Premièrement, il faut que tu sçaches que cest engin avec quoy les garçons pissent s'appelle un *vit.*

Fanchon : Ah ! vous jurez, ma cousine.

Susanne : Patience, non fait ; hé ! que tu es importune et qu'il faut bien vrayement que tu ostes tous ces scrupules, si tu veux que je te die quelque chose dont tu seras tantost ravie.

---

11. Des garçons et des filles, et comme ils y ont plus de plaisir.

Fanchon : Hé bien ! j'escouteray tout ce que vous voudrez.

Susanne : Je dirai encore *cul, con, vit* et *coüillons*[12].

Fanchon : Hé bien ! il n'importe.

Susanne : C'est engin donc avec quoy les garçons pissent s'appelle un *vit*, et quelquefois il s'entend par le *membre*, le *manche*, le *nerf*, le *dard* et la *lance d'amour*, et quand un garçon est tout nud, on voit cela qui lui pend au bas du ventre, comme une longue tette de vache, à l'endroit où nous n'avons qu'un trou pour pisser.

Fanchon : Oh ! quelle merveille !

Susanne : De plus, il y a deux ballottes dessoubs, qui pendent dans une bourse, qui s'appellent deux *coüillons*, mais il ne faut pas les nommer devant le monde, et qui sont de la forme, à les toucher, de deux grosses olives d'Espagne ; et tout cela est environné d'un poil frisotté, de mesme qu'aux filles, et qui sied bien à le voir à l'entour[13].

Fanchon : Je comprends ce que vous me dites, ma cousine, mais pourquoy est-il fait comme cela aux hommes, et à quoy leur peut-il servir ? ce n'est pas seulement pour pisser, autrement ils n'en auroient pas plus à faire que nous.

Susanne : Tiens, m'amour, c'est avec cela qu'ils nous donnent

---

12. Les noms propres des choses qui servent à plus au plaisir d'amour, et premièrement une reprise sur le vit.
13. Discours des coüillons.

ce plaisir, car quand un garçon aime bien une fille, voici comment il luy fait quand il la rencontre seule en quelque part. Il se met à genoux devant elle et luy demande, le plus gracieusement du monde :

« M'aimez-vous bien, ma bonne ? car je vous aime bien aussi ; » et tandis qu'il luy dit cela, il la regarde avec des yeux mourants, comme s'il avoit envie à se tuer pour elle, et si la fille luy dit : « Ouy, » alors il se relève, et la prend de force de corps, et la porte sur le lict, où il la couche à la renverse, et puis il luy trousse la cotte et la chemise, et luy fait ouvrir les cuisses bien large, pendant qu'il dénoue l'aiguillette de son haut-de-chausse pour se descouvrir aussi. Et quand il a fait, il se couche comme cela sur le ventre de la fille, et lui fourre, dans le trou par où elle pisse, ce long engin, avec le plus grand plaisir et délice du monde[14].

Fanchon : Je suis grandement estonnée de ce que vous me contez là, ma cousine. Mais comment peut-il faire pour entrer là dedans cest engin qui est si mol et si flasque ? Faut donc qu'il l'enfonce avec les doigts.

Susanne : Hé ! pauvre idiote ! il n'est pas toujours si mol quand cela arrive. Au contraire, quand il le fait voir à la fille, il est tout changé et ne paroist plus ce qu'il estoit auparavant ; il est grossi et allongé de moitié, il est dur et roide comme un

---

14. Premiers apprêts d'un garçon pour donner les plaisirs d'amour à une fille qu'il aime ; et comme cette doctrine est fort importante à sçavoir, elle sera répétée diversement en plusieurs endroits de ce livre, pour choisir laquelle est la meilleure.

baston, et à force de se bander comme je dis, il y a une peau vers le bout qui se retire contre le ventre et descouvre une teste qui est faite comme un gros bigarreau rouge, et cela est plaisant à toucher au possible[15].

Fanchon : Et quand il bande, comme vous dites, c'est alors qu'il le fourre dans le trou de la fille ?

Susanne : Vrayement ouy, car il ne le pourroit autrement, mais c'est encore un autre plaisir de voir la peine qu'il se donne pour le faire entrer, car cela n'entre pas tout d'un coup, comme tu pourrois imaginer, mais petit à petit, et le garçon est quelquefois tout en eau avant que le tout soit dedans[16], à cause que le trou de la fille n'est pas assez large, et c'est là encore où il y a du plaisir, parce que la fille sent l'engin du garçon qui l'entr'ouvre à force et qui frotte fort contre les bords du con, ce qui la chatouille doucement et voluptueusement.

Fanchon : J'aurois peur, au contraire, que cela ne luy fist du mal.

Susanne : Point du tout, mon cœur, et cela luy fait grand bien. Il est bien vray que le premier coup de vit que l'on luy donne, en le luy mettant dedans, elle sent une petite cuisson, à cause qu'elle n'y est pas accoustumée, mais par après, cela

---

15. Reprise deuxième sur le vit, ou description du vit quand il entre là où il doit entrer.
16. Comme le vit n'entre pas tout d'un coup, et comme cela donne bien de la peine au garçon.

ne fait plus que chatouiller et exciter le plus grand plaisir du monde.

Fanchon : Et l'engin de la fille, comment l'appelez-vous[17] ?

Susanne : Je l'appelle un *con*, et quelquefois il s'entend par le *bas*, le *chose*, le *trou mignon*, le *trou velu*, etc. Et quand un garçon fait cela à une fille, cela s'appelle *mettre vit au con*, ou bien l'on dit qu'il la *fout*, la *chevauche*, et les garçons nous apprennent à dire cela quand ils nous tiennent. Mais garde-toi bien d'en parler devant le monde, car on dit que ce sont des vilains mots qui font rougir les filles quand on les leur prononce.

Fanchon : O ! je n'ai garde, vrayement, mais comment fait donc le garçon, ma cousine, pour faire entrer cest engin roide dedans le con[18] ?

Susanne : Il n'a pas plus tôt adjusté dans le trou de la fille, qu'il le pousse du croupion, et puis se retire un peu arrière, puis repousse plus fort avant, et la fille pousse aussi de son costé, pour l'enfiler mieux, tant que le tout soit dedans, et elle sent cependant remuer les fesses du garçon qui est dessus elle.

Fanchon : Il faut donc qu'il remue toujours, sans arrester aucunement ?

Susanne : Vrayement ouy.

---

17. Comment s'appelle l'engin de la fille.
18. Comment fait le garçon pour pousser le vit dans le con, et du plaisir que la fille en reçoit.

Fanchon : Et comment fait-il donc pour pouvoir remuer si à propos en le faisant entrer petit à petit ?

Susanne : Tiens, voilà, comme il fait, regarde comme je remue, et tandis qu'elle le voit ainsi remuer, elle l'embrasse, elle le baise à la bouche, elle le touche à l'estomach, tantost aux fesses et aux cuisses, l'appelant son cœur et son âme, et sent cependant son vit qui luy entre dans le con avec la plus grande douceur qu'on se puisse imaginer.

Fanchon : Vrayement, ma cousine, il me semble que je voudrois bien esprouver cela de la façon que vous dites ; je pense pour moy que j'y aurois bien du plaisir, et les filles, certes, doivent bien estre obligées aux garçons qui leur font de telles choses. Mais n'y ont-ils pas aussi du plaisir[19], eux qui se donnent tant de peine pour en faire aux autres ?

Susanne : Comment penses-tu donc ? vrayement ouy, et ils le leur témoignent assez. Quand ils pasment d'aise sur elles en leur faisant, on ne leur entend rien dire autre chose sinon : « Hé ! mon cœur, hé ! m'amour, je me meurs ; et fais, je n'en puis plus, fais vite, » et le plaisir de la fille est bien plus grand, quand elle voit que celuy qui luy fait est bien aise, que s'il n'estoit pas ; car si le garçon donne du plaisir à la fille, il faut bien que la fille en donne aussi au garçon.

Fanchon : C'est ce qui est bien raisonnable, ma cousine, et cela estant, je pense que les filles sont bien longtemps à se

---

19. Comme le garçon a du plaisir à cela, aussi bien que la fille.

tenir les garçons dessus ; car si c'estoit à moy, je ne laisserois jamais sortir cest engin qui fait tant de bien dans le mien.

Susanne : O ! que cela n'est pas comme tu penses.

Fanchon : Et comment donc ?

Susanne : Parce que l'on finit de faire après quelque temps, après on recommence.

Fanchon : Mais je croiois que cela duroit tousjours, sans finir, et tant que l'on vouloit, et qu'il ne falloit que mettre cet engin là dedans.

Susanne : C'est ce qui te trompe, cousine, et il est bien mieux de la façon que je te le vais dire.

Fanchon : Expliquez-moi donc cela, en un mot, comment cela se fait, et pourquoy il finit et recommence, et qu'est-ce qui fait que l'on ressent ce plaisir, le vit estant dedans le con de la fille, puisqu'en y mettant le doigt ce seroit bien quelque chose.

Susanne[20] : Premièrement, tu doibs sçavoir que cest engin du garçon a une peau par dessus, douillette et unie, qui donne du plaisir à la fille quand elle y touche avec la main. Il est dur et plein de nerfs par dedans, et l'on sent cela par dessous la peau, qui est mouvante, en le frottant haut et bas, fors et excepté devers la teste, qui est composée d'une glande de chair

---

20. Reprise troisième, et description plus particulière du vit qu'auparavant ; anatomie intérieure du con, dont il n'est rien si difficile à esplucher ; avec le commencement, la fin et la durée du plaisir d'amour.

tendre et délicate et qui ressemble proprement, comme j'ay dit, un gros bigarreau rouge. Par dessous et le long de cet engin, il y a un tuyau qui paroist enflé comme une grosse veine et qui aboutit à la teste, là où il y a une petite fente en long, comme d'un coup de lancette, et qui est tournée de mesme sens comme celle du con. Pour la fille, je ne sçais comment elle est faite, mais on dit qu'elle a un engin par dedans, fait comme celui du garçon. Or voicy ce qui arrive quand la fille reçoit le vit au con (c'est le mot) : la peau du vit rebourse, qui ne peut entrer, et le membre coule par dedans toute la teste ; le garçon cependant pousse tousjours avec le cul le membre, qui est pressé parce qu'il est trop gros, dans le conduit de la fille ; cela fait que la peau qui le couvroit, et qui ne luy a descouvert que la teste, vient à frotter par dessous contre le tuyau que j'ay dit. A mesure qu'il pousse et retire le cul pour le faire entrer, la fille aussi, qui résiste, sent le frottement, et celuy que la peau et l'engin du garçon luy font dans son conduit, tout cela leur ameine du plaisir, avec les autres caresses qu'ils se font. Enfin, à force de frotter et de remuer le cul de part et d'autre, il arrive que tous deux viennent à s'eschauffer d'aise par une petite démangeaison et chatouillement qui leur vient le long de leurs conduits. Le garçon en avertit la fille et elle le garçon ; cela les oblige à frotter plus fort et à remuer plus viste les fesses. Le chatouillement cependant s'augmente toujours, et, par consé-quent, le plaisir, lequel enfin devient si grand petit à petit, qu'ils en soupirent d'aise et ne peuvent parler que par eslans ; ils clignottent des yeux, et semblent expirer en s'embrassant de plus fort en plus fort. Alors le chatouillement les saisit de telle sorte que l'on les voit pasmer d'aise et à petites secousses à mesure qu'ils viennent à descharger par les conduits ce qui les chatouilloit si fort, qui est une liqueur blanche et espaisse comme bouillie[21], qu'ils rendent tous deux l'un dans l'autre, avec un délice qui ne se peut exprimer.

Fanchon : Il faut, ma cousine, que ce plaisir soit bien furieux, puisqu'il les fait tant oublier de ce qu'ils sont. Mais qu'arrive-t-il par après ?

Susanne : Rien davantage. Tous deux sont contents pour ce coup, et le vit, qui estoit droit auparavant, sort du con tout lasche et abattu[22].

Fanchon : Cela est estrange, et ne leur prend-il point envie de recommencer ?

Susanne : Quelquefois, quand, à force de baisers et d'attouchements, le vit se dresse, ou que la fille vient à le redresser avec la main, car alors, ils le remettent encore une fois dedans et esprouvent le même plaisir.

Fanchon : Comment, s'il estoit abattu, une fille le pourroit-elle bien redresser ?

Susanne : Ouy dea, avec la main, en le frottant doucement, et si tu savois les vertus de la main de la fille[23], et combien

---

21. De la liqueur d'amour, qui vient à propos en cet endroit.
22. Reprise quatrième, comme le vit se retire après la fonction du plaisir d'amour, et comme la fille le peut faire revenir roide avec la main.
23. Grandes et différentes vertus de la main des filles pour donner du plaisir aux garçons ; là où il est inséré quelque chose du baiser de la langue.

elle a de pouvoir à donner du plaisir aux garçons, tu en serois esmerveillée.

Fanchon : De grace donc, ma cousine, dites-moy comment et en quelle rencontre cela arrive.

Susanne : Voicy comment il arrive : quelquefois que le garçon et la fille sont seuls dans une chambre ou dans un jardin, il n'importe point où, et s'entretiennent de choses indifférentes, le plus souvent ils ne pensent point à se faire bien aises ny à se donner du plaisir, à cause de quelque autre soucy qu'ils auroient en tête, et le garçon voudroit seulement baiser une fois la fille avant de s'en aller, comme par manière d'acquit. La fille qui est faite à cela, si tost qu'elle sent la bouche du garçon contre la sienne, vient à pousser petit à petit sa langue en pointe dedans[24], et la fait frétiller contre ses lèvres avec un grand ragoust ; que cela met en humeur le garçon, qui la prie de recommencer. Alors, la fille peut prendre un autre plaisir, qui plaist aussi encore au garçon, et ayant regardé tout autour d'elle si personne ne la voit, elle met la langue aussitost dans la bouche du garçon. Tandis qu'elle luy fait cela, elle le baise, coulant sa main sur son engin, qu'elle prend dans la braguette, et quand elle l'a patiné quelque temps, de mol qu'il estoit auparavant, elle le fait devenir dur comme un baston. Et on ne sçauroit dire pourtant comme cela se fait ny par quelle vertu, car elle le frotte seulement deux ou trois fois par dessus la peau, et le garçon qui sent cela ne sçauroit s'empescher de

---

24. Première vertu.

dresser, quand il voudroit. Et comme il faut que tout se fasse par ordre et dans les règles du plaisir, et que la fille est assez bien instruite à cela, si tost qu'elle l'a fait ainsi droit, elle le retire hors de la braguette, et le regarde et luy donne une petite secousse pour l'achever, et puis le laisse ainsi tendu en estat, pour s'en servir en après.

Fanchon : Ho ! ho ! je ne pourrois retenir tout cela, et faut-il, ma cousine, qu'une fille sçache toutes ces choses ?

Susanne : Et bien d'autres encore ; ce n'est pas là tout, et quand elle a demeuré quelques temps ainsi, elle essaye un autre plaisir pour faire encore au garçon.

Fanchon : Encore !

Susanne : Ouy, encore ; elle lui met la main sur les ballottes qu'il a au-dessous de cest engin et les soulève mignardement en les passant et repassant doucement entre les doigts, et quand elle a fait en cest endroit, elle lui vient manier les fesses et les cuisses, en gravonnant entre ses poils, revient à luy branler l'engin, en sorte que la teste, qui est tout en sueur, s'allonge et redresse et ressemble un qui voudroit vomir et qui ne peut. Mais le garçon ne sent aucune douleur de cela, au contraire : il est si ayse qu'il ne peut parler ; il pousse le cul en avant, pour que la fille luy fasse toujours ; il obéit à tout ce qu'elle veut et semble qu'il escoute tout ce qu'elle luy fait, et à voir comme son visage est attentif à toutes les caresses qu'elle lui départ de sa main, il semble qu'elle le gratte bien où il luy démange et qu'il n'a point d'autre soucy au monde que celui-là.

Mais par après, quand il se voit chevauché par elle qu'il devroit chevaucher luy mesme, ô dame, c'est alors qu'il est bien plus ayse, et que cela luy est presque aussi doux à supporter que comme s'il deschargeoit continuellement[25].

Fanchon : Certes, voilà bien des sortes de plaisirs, et je ne sçais si je pourray bien retenir tout. Et comment fait donc la fille, ma cousine, pour chevaucher le garçon quand il est si ayse[26] ?

Susanne : C'est alors qu'il se couche à la renverse, et que la fille monte dessus et se remue dessus luy.

Fanchon : Ho ! ho ! voilà encore une autre façon, et l'on fait donc ce doux jeu en bien des postures ?

Susanne : De plus de cent, vois-tu, et l'on y prend plaisir à toutes, mais tu le sçauras plus à loisir.

Fanchon : Et pourquoy le garçon a-t-il plus de plaisir quand il est chevauché de la fille, que quand il chevauche ?

Susanne : C'est qu'il dit qu'il luy est bien obligé de tant de peine qu'elle prend, et qu'il juge mieux par là de sa bonne volonté ; et il dit qu'il se veut soumettre à elle par humilité et qu'il n'est pas digne de prendre le dessus, et la fille, qui est pleine de reconnaissance, elle fait un grand effort sur son courage.

---

25. Seconde vertu.
26. Du terme général de chevaucher, et la différence du plaisir d'amour quand la fille chevauche le garçon, et pourquoy, avec la manière qu'elle tient pour cela.

Fanchon : Aussi vrayement elle le doibt, car voilà une grande civilité du garçon.

Susanne : Et qui est continuée jusqu'à la fin, car il ne se remue en façon du monde et luy laisse faire à elle ce qu'elle veut, qui n'y a pas moins de plaisir cependant que luy.

Fanchon : Cela estant, ma cousine, il me semble que la peine qu'elle prend luy doit estre bien agréable, car vous m'avez mise tout en humeur à vous entendre seulement dire qu'elle se remue ainsi sur le garçon.

Susanne : J'ay bien encore une autre raison que celle-là, mais j'attendray à la dire jusqu'à ce que tu sois mieux instruite des choses que tu doibs sçavoir auparavant.

Fanchon : Grand mercy, ma cousine, vous aurez la bonté donc de me l'apprendre. Cependant, puisque nous sommes en discours, dites-moy pourquoy, la pluspart des nuicts, je sens des démangeaisons en cet endroit (à sçavoir au con) qui ne me laissent presque point dormir. Je me tourne, je me vire d'un côté et d'autre, sans que, cela se puisse appaiser. Qu'est-ce qu'il me faudroit alors ?

Susanne : Il te faudroit un bon gros vit nerveux, et le fourrer dedans ta nature pour y faire le doux nectar qui appaiseroit ta chaleur. Mais, à faute de cela, quand cela te adviendra, il faut le frotter avec le doigt quelque temps[27] ; après tu sentiras le plaisir de la descharge.

Fanchon : Avec le doigt ! est-il possible ?

Susanne : Ouy, avec le doigt du milieu, en faisant sur le bord comme cela.

Fanchon : Certes, je ne l'oublieray pas. Mais, à propos, ma cousine, ne m'avez-vous pas dit que vous avez ce plaisir quelquefois ?

Susanne : Ouy dea, quand je veux, et c'est un garçon que j'aime bien qui me le donne.

Fanchon : Vrayement, je le pense, et il faut bien qu'il soit vray que vous l'aimiez, car vous dites qu'il ne se peut autrement ; mais que je suis esmerveillée ! et cela vous fait-il donc bien ayse ?

Susanne : Si ayse que je n'en puis plus.

Fanchon : Et comment ferois-je pour en avoir un qui m'en fist autant ?

Susanne : Il en faut prendre un qui t'aime bien, qui soit discret et qui n'en dise mot à personne[28].

Fanchon : Et qui pourrois-je prendre, à vostre avis, qui fust propre à cela ?

---

27. Remède possible et nouveau aux filles à qui le con démange faute de vit pour y mettre, en le frottant avec le doigt.
28. Conseil aux filles pour prendre un amy, avec les perfections qu'il doibt avoir.

Susanne : Pour moy, je ne sçay, je n'en connois point de plus propre que le jeune Robinet, car il t'aime bien et de plus il est beau et de bonne grâce. Et je l'ay veu une fois baigner en la rivière, où je fus tout esmerveillée, parce qu'il a une belle chair blanche, ni trop grasse ni trop maigre ; il a les cuisses grosses et nerveuses, et les reins forts et larges, avec un grand et puissant engin par devant, cotonné d'un poil follet, et toutes ces bonnes qualitez contribuent beaucoup au plaisir de la fille.

Fanchon : Mon cœur, je tremble, je ne sçay pourquoy, quand je suis si proche à me porter à cela ; mais, ma cousine, n'y a-t-il point de mal à le faire[29] ?

Susanne : Et quel mal y auroit-il, sotte ? regarde comme je suis.

Fanchon : Mais cela n'est-il donc point défendu ?

Susanne : Pourquoy défendu, m'amour ? il y a tant de plaisir ! et puis l'on n'en sçaura rien, car qui est-ce qui le diroit ? Je me fie bien à toy, ne te fieras-tu pas bien à moy ? A ceste heure, Robinet n'aura garde de l'aller dire, parce qu'il est discret ; outre que s'il l'avoit dit, il y perdroit autant que toy, car il ne te verroit plus, et on ne feroit plus compte de luy parmy la ville.

Fanchon : Quel malheur ! Mais quand on est marié (quand j'y pense), un mary ne fait-il pas donc moins cela à sa femme, et s'il venoit à reconnoistre qu'un autre luy eust desjà fait[30] ?

---

29. Raisons qui empeschent les filles de se divertir, et les réfutations d'icelles.
30. Première raison.

Susanne : Tu n'as que faire de craindre, car quand cela t'arriveroit, je te donneray un secret pour qu'il n'y paroisse plus.

Fanchon : Mais y a-t-il d'autres filles qui le fassent aussi ? car elles n'oseroient, et puis si on venoit à le sçavoir, on ne les marieroit plus par après[31].

Susanne : On n'a garde, m'amie, de le sçavoir, puisqu'elles le font en cachette, et on ne le sçait non plus d'elles que l'on le sçaura de toy, ou de moy aussi. Vrayement, il y a plus de la moitié qui le font, et si par hazard les parents viennent à le sçavoir de quelqu'une, ils n'en disent mot à personne, et ne laissent pas cependant de la marier à quelqu'un qui n'en sçait rien.

Fanchon : Et Dieu qui sçait tout ?

Susanne : Dieu qui sçait tout ne le viendra pas dire et ne descouvre rien aux autres. Et puis, à bien dire, ce n'est qu'une petite peccatille que la jalousie des hommes a introduite au monde, à cause qu'ils veulent des femmes qui ne soyent qu'à eux seuls ; et croy-moy d'une chose, que si les femmes gouvernoyent aussi bien les églises comme font les hommes, elles auroient bien ordonné tout au rebours[32].

Fanchon : Les hommes pourtant, à ce qu'il me souvient avoir entendu dire à ma mère, ne laissent pas de dire qu'ils font mal

---

31. Deuxième raison.
32. Troisième raison.

comme nous, et s'ils avoient estably cette loy, comme vous dites, ils ne l'auroient point establie contre eux-mesmes[33].

Susanne : C'est pour abuser d'autant plus qu'ils en ont fait. Car s'ils ne s'estoient pas soubmis à ceste loy qu'ils ont inventée, les femmes auroient dit : Ho ! ho ! et pourquoy ferons-nous mal là où les hommes n'en font point ? Mais cependant ils n'ont pas laissé de se tirer de pair par une autre raison : c'est qu'ils disent que devant Dieu ce péché est un péché comme les autres ; c'est pourquoy ils font tout de mesme et sans crainte d'estre punis, non plus que s'ils avoient mangé des œufs en carême. Mais, pour les femmes, ils y ont attaché un certain point d'honneur, afin de les tenir toujours en crainte devant eux, et une note d'infamie à celles qui contreviendroient aux lois de cet honneur, laquelle les prive (quand on le sçait) de plusieurs avantages qui sont parmy elles.

Fanchon : Quand on ne le sçait pas ?

Susanne : Elles sont aussi honnestes que les autres.

Fanchon : Tellement donc qu'il n'y a que la croyance qu'on a de leur honnesteté qui les rende honnestes ?

Susanne : Non certes, et il vaudroit mieux pour elles qu'elles eussent ce plaisir et que l'on n'en sçeut rien, car elles seroient aussi honnestes que si elles ne l'estoient point et qu'on vînt à se l'imaginer. Car il faut que tu sçaches encore qu'il y en a qui sont si malheureuses que l'on croit d'elles ce qui n'est point,

---

33. Quatrième raison.

et c'est le pis qui leur peut arriver que cela. C'est pourquoy, si j'estois d'elles, et que je visse que je ne pusse oster cette croyance du monde, je voudrois du moins la rendre véritable en effect et prendre un plaisir qui ne me cousteroit rien et dont il ne me sçauroit arriver pire, outre que j'empescherois que tant de monde, par un faux et mauvais jugement, fussent damnés, car il n'y a que l'opinion qui fait le mal[34].

Fanchon : Vrayement, c'est bien raisonné, et faire toujours le bien contre le mal. Et cela estant, si j'estois une fille comme vous dites, je n'en ferois pas moins pour esteindre la mesdisance, mais le meilleur à tout cela, comme vous avez desjà dit, c'est de se comporter si bien que l'on vienne à n'en sçavoir rien.

Susanne : Dame ouy, et cela n'est point mal aysé quand on a un amy qui est discret et qui ne se vante de rien, et quand tu auras un peu accoutumée cette vie, tu auras un plaisir non pareil. Quant au reste des filles, tu en verras cent à l'église, dans les rues, dans les compagnies, qui passeront pour honestes, desquelles tu te mocqueras impunément, d'autant qu'elles n'auront garde de s'aller imaginer cela de toy. Tu passeras devant elles, selon ta condition, ne parlant que de choses bonnes et honestes ; tu seras louée et estimée de chacun, car la connoissance intérieure de ce que tu auras expérimenté en cachette te donnera une certaine petite joye et suffisance de toy-mesme qui te rendra plus hardie en compagnie et mieux

---

34. Honneur des filles, ce que c'est et comment on en doibt user.

disante ; d'où vient que l'on te préférera aux autres filles qui sont pour la pluspart honteuses et stupides. Et il ne se peut faire qu'à la fin, parmy tous ceux qui t'aimeront (envers lesquels tu useras toujours d'une petite sévérité honeste), il n'y en ayt quelqu'un qui donne dans le panneau pour t'épouser. Cependant tu verras ton amy indifféremment aux lieux publics et l'entretiendras sans scrupule, goustant avec luy la douce satisfaction de tromper tant de gens, et le bon de tout cela est qu'après que tu auras bien employé la journée à causer et discourir, et que tu te seras mise en humeur par les contes et bonnes chères qu'on t'aura faites, te mocquant en ton âme de la sottise de tes compagnes qui emploient si mal la nuict toutes seules, tu la viendras passer amoureusement entre les bras d'un amy qui la passera aussi doucement que toy et fera tous ses efforts de nature pour tascher de satisfaire ta passion[35].

Fanchon : Certes, vous estes bien heureuse, ma cousine, à ce que je voy, et il me tarde bien desjà que je n'aye commencé de faire comme vous. Mais comment est-ce que je m'y doibs gouverner, car je ne le sçay pas et j'ay besoin de vostre courtoisie et conseil, et si vous ne m'assistez, je sens bien que je ne feray rien de ce que j'ay le plus à cœur[36].

Susanne : Hé bien ! voions ; mais pour qui est-ce que tu aurois le plus d'inclination ?

---

35. Du secret d'amour et comment il est nécessaire, avec les avantages du monde, et d'une fille qui se divertit.
36. Irrésolutions d'une fille qui manque d'expérience, et le secours charitable qu'on luy offre là-dessus ; là où est contenu une propriété du plaisir d'amour.

Fanchon : Pour Robinet, n'en faut point mentir.

Susanne : Il faut donc s'arrester à luy et le prendre ; il a toutes les qualitez d'un honeste homme.

Fanchon : Mais comment faire cela ? je n'ai pas la hardiesse de le luy demander.

Susanne : Hé bien ! je luy diray pour toy ce qu'il faudra ; tu n'auras qu'à le laisser faire. Mais sur tout, quand vous serez ensemble une fois, avisez bien aux moiens de vous revoir souvent, car ce plaisir est si attachant de soy que depuis qu'on en a gousté on ne s'en pourroit plus passer par après.

Fanchon : J'entends bien, et quand est-ce que nous commencerons ?

Susanne : Le plus tost que faire se pourra. Robinet ne viendra-t-il point te voir aujourd'huy ?

Fanchon : Je l'attends, ma cousine, et voicy tantost son heure.

Susanne : Sans différer davantage, il faut le prendre en arrivant. Tu ne sçaurois trouver une plus belle occasion que celle-là. Ta mère est aux champs et ne reviendra qu'à ce soir, et il n'y a que la servante au logis. Pour elle, on trouvera bien moyen de l'employer à quelque chose, et quand Robinet viendra je luy parleray de toy ce qu'il faut et puis je m'en iray, et si quelqu'un te viendra demander, tu feras dire que tu n'y es pas : Voilà un lict qui est tout propre à vostre besoigne, et si l'on le trouvoit gasté, tu diras que tu t'es couchée dessus. Tu ne mentiras pas, car, si tost qu'il sera venu, il ne manquera pas de t'y adjuster d'une façon ou d'autre.

Fanchon : Mon cœur, je tremble. Et quand j'y seray, le laisseray-je faire, ma cousine ?

Susanne : Vrayement ouy, il le faut laisser faire ; il te mettra son engin dans le tien et te fera bien ayse.

Fanchon : Et cependant n'y aura-t-il plus rien à faire après cela, et ce plaisir me viendra-t-il comme à vous ?

Susanne : Ne te l'ay-je pas desjà dit ? tu n'auras à faire que ce qu'il t'enseignera.

Fanchon : Je vous demande pardon, ma cousine, c'est que je suis ignorante. Mais en attendant qu'il viendra, dites-moy un peu, je vous prie, comme vostre amy vous fait quand vous estes couchés ensemble, afin que je ne sois pas si novice quand le mien me voudra faire de mesme.

Susanne : Volontiers pour cela. Tu dois savoir que le plaisir de mettre le vit au con est accompagné de cent caresses et assaisonnements en amour qui le font trouver meilleur. Une fois entre autres, mon amy m'en fit esprouver en une nuict la plus grande partie ; je ne le vis jamais tant en humeur qu'il estoit ceste nuit-là[37].

Fanchon : Mais quand il vous approche, comment vous dit-il, comment vous fait-il ?

---

37. Plaisirs d'amour, accompagnés de plusieurs autres.

Susanne : Voicy à peu près la façon qu'il est accoustumé d'en user. Premièrement, il me vient voir la nuict, quand tout le monde est couché, par un petit escalier desrobé, et me trouve le plus souvent au lict, que je suis couchée et quelquefois endormie. Lors, sans perdre de temps, il se déshabille et met la chandelle allumée au chevet du lict, et cela fait, il se couche tout de son long à costé de moy. Quand il a esté un peu de temps à se réchauffer, il s'avise et commence à me dire[38] :

— Dormez-vous, m'amie ? et allongeant une main sur mon estomach :

— Je suis si fatigué d'aujourdhuy que je ne me saurois remuer.

Et tout disant cela il me conte sa douleur, et me met la main sur le sein, et en me maniant les tétons à gogo, me conte tout ce qu'il a fait le long de la journée. Cependant il manie toujours mes mamelles, et quand il a fait à l'une il vient à l'autre et puis à toutes deux, et me dit quelquefois :

— Que je suis heureux, m'amie, d'avoir un tel ordinaire.

Lors je le sens qui se tourne sur le côté et qu'il prend la fantaisie, et je lui dis quelquefois :

— Mon cœur, mon amy, je dormirois bien, laisse-moy.

Et lui, sans faire semblant de m'entendre, me met la main sur le ventre, et quand il trouve la chemise, il la lève et m'appuye la main sur la motte qu'il pince et frise quelque temps avec les doigts. Après, il met sa bouche sur la mienne et me

---

38. Tableau exemplaire pour apprendre à se bien gouverner au lict ou aux premiers approchements et caresses d'un garçon qui va coucher avec une fille la nuict.

coule la langue dedans, et puis il vient me toucher les fesses et les cuisses, et de là il retourne au ventre, et tantost me succe une des mamelles. Et pour se donner au cœur joye, parce qu'il est bien ayse de voir, il esloigne le drap et la couverture, et quand ma chemise l'empesche il me la fait oster et me regarde partout avec la chandelle. Après, il me fait empoigner son chose, qu'il a roide, et quelquefois me prend à force de corps et me fait rouler sur luy, tantost dessus, tantost dessous, et me fait toucher son engin, ores entre les cuisses, ores entre les fesses, et de là revient à me baiser la bouche et les yeux, m'appelant son cœur et son âme. Ensuite de cela, il me monte dessus, et en me faisant entrer son gros vit bandé au con, il me chevauche jusqu'à ce que son foutre me coule au fond de la matrice.

Fanchon : Comment dites-vous l'autre mot que chevaucher ? il ne m'en souvient plus.

Susanne : C'est à dire qu'il me fout.

Fanchon : Vous en estes donc bien ayse ?

Susanne : Je te laisse à penser ! Or, il y a diverses manières de mettre cest engin-là dans l'autre[39], ainsi que je l'ay esprouvé avec luy, car tantost il me fait dessoubs, tantost dessus, tantost de costé, tantost de travers, tantost à genoux par devant, et par derrière comme si je prenois un lavement, tantost debout,

---

39. Qu'est-ce que foutre, et les diverses façons de chevaucher, et de celles qu'on peut s'imaginer davantage.

tantost assise. Quelquefois, quand il est pressé, il me jette
sur une forme, sur une chaise, sur un matelas ou au premier
endroit qu'il rencontre. Et à toutes les sortes de façons il y a
un plaisir différent, car son chose entre plus ou moins et est
disposé autrement dans le mien selon les postures qu'il me fait
tenir. La peine n'est pas aussi toujours mal plaisante à cela, et
c'est ce qui nous donne plus d'envie à faire. Quelquefois que
nous nous voyons de jour et que nous sommes seuls, il me fait
baisser la tête sur une forme avec les mains, et me retrousse
ma robe par derrière jusques par dessus ma tête. En cest estat,
il a tout loisir de voir et considérer, et de peur que nous ne
soyons surpris, il n'abaisse point son haut de chausse, mais
tire son engin par la braguette, qu'il me vient montrer, et puis
va escouter tout doucement à la porte s'il n'y a personne, et
cela fait, il me fait signe du doigt que je ne bouge et puis il
s'en vient à moy et m'enconne brusquement par dessoubs les
fesses. Eh bien ! il m'a juré cent fois qu'il avoit plus de plaisir
de me le faire ainsi à la desrobbée qu'autrement.

Fanchon : Certes, il faut qu'il y ait bien du plaisir, ma cousine,
puis qu'il y a tant de façons, car je m'imagine desjà bien toutes
celles que vous me venez de dire, et puisque c'est seulement
chercher à mettre un vit dans un con en diverses manières
pour le plaisir que l'on y trouve, il me semble que j'en aurois
bien tost imaginé d'autres que celles que vous avez dites,
puisqu'il n'y a personne qui n'en puisse imaginer de nouvelles
en la fantaisie. Mais il n'est pas question à ceste heure de cela.
Je voudrois seulement sçavoir comment vous passastes ceste

nuict avec votre amy, dans laquelle vous eustes avec luy tant de sortes de plaisirs.

Susanne : Ah ! ce fut hier que m'arriva ceste bonne fortune, et tu vas entendre mille folastreries d'amour et qui ne se pratiquent qu'entre les personnes qui s'aiment beaucoup. Tu as donc à sçavoir qu'il y avoit deux nuicts que mon amy n'estoit venu pour me voir, et je m'impatientois qu'une partie de la troisième fust desjà escoulée sans en avoir des nouvelles, lorsque je le vis entrer dans la chambre, avec une petite lanterne sourde qu'il a tousjours coutume de porter pour s'éclairer, et qu'il tenoit soubs son manteau quelques douceurs et confitures, pour nous mettre en bonne bouche[40].

Fanchon : Il ne faut pas demander si vous fustes bien ayse alors.

Susanne : Or il se deschargea premièrement de son paquet, et me trouvant en cotte, que je n'estois pas encore couchée, il la troussa incontinent, et sans parler, me renversa là sur le lict, me le fit là sur le champ et me fit taster son gros nerf, qui estoit extrêmement dur, et, en moins de six coups de cul, je me vis arrouzée largement de la liqueur amoureuse.

Fanchon : Mais on n'est donc jamais plus ayse que quand ceste liqueur vient à sortir, et on ne prend jamais tant de peine pour se remuer qu'afin de la mettre dehors ?

---

40. Friandise des amoureux pour manger, et une remarque sur l'impatience du plaisir d'amour.

Susanne : Non certes. Et quand il eut fait, je me mets aussi tost au list, pendant qu'il se deshabilloit, là où je n'avois pas si tost commencé à fermer les yeux (car il faut que tu sçaches encore qu'il n'y a rien qui fasse si bien dormir que cela), quand je le sentis à mon costé qui m'embrassoit amoureusement et me mettoit le vit à la main[41]. Je perdis aussitôt l'envie de dormir.

Fanchon : Mais combien est donc cet engin de temps à se redresser depuis qu'il est abattu, et combien le met-on bien dedans le con en une seule nuict[42] ?

Susanne : Foin, si tu m'interromps toujours. C'est selon les personnes qu'il y a, vois-tu, et comme ils sont plus esmeus à certains temps qu'à d'autres ; car quelquefois il y a des hommes qui feront deux coups sans desconner, et cela fait grand bien à la fille ; d'autres feront leur descharge sept ou huict coups, dix ou douze ; mais cela n'est pas croyable, et cinq ou six coups raisonnables suffisent pour la contenter. Il y en a qui ne peuvent faire que deux ou trois coups, et sont prompts ou longs à descharger. Il faut remarquer que ceux qui en font le moins rendent plus de liqueur que les autres et donnent et reçoivent plus de plaisir, mais quoy qu'il puisse en estre vray des uns et des autres, la fille trouve toujours en si peu qu'il y en a matière d'une très grande satisfaction. La beauté de la fille contribue aussi beaucoup à cela et fait faire un coup ou deux davantage, mais il y a la coustume qui gaste tout et lasse

---

41. Autres propriétés du plaisir d'amour.
42. Combien il se retire de fois, ou combien on peut chevaucher de coups en une seule nuict.

le garçon quand il faut faire cela tous les jours, et alors ce n'est pas mal aller que de le faire tous les soirs une fois et une autre tous les matins. Voilà ce que je t'avois à dire là dessus. Quand tu m'as interrompue, je ne sçai où j'en étois.

Fanchon : C'est alors qu'il vous prit endormie et qu'il vous mit son engin roide en la main.

[43]Susanne : Ah ! il m'en souvient à ceste heure. Je ne l'eus pas plustost senty roide comme il estoit, que je ne songeai plus à m'endormir, mais respondant à ses caresses, m'appelant son cœur et son âme, nous roulasmes longtemps l'un sur l'autre, entrelassez de bras et de jambes, et nous démarames tant que nostre couverture en cheut à bas ; néanmoins, comme il ne faisoit pas froid, nous ne songeames pas à la ramasser, mais nous eschauffant de plus en plus, il me fit oster ma chemise en ostant la sienne, et fit cent bonds sur le lict en me monstrant son vit qui estoit roide. Puis m'ayant demandé permission de folastrer en tous lieux et liberté, il répandit et sema par terre cent boutons de roses, et me les fit aller ramasser toute nue, au beau milieu de la place, me tournant d'un costé et d'autre, et considérant à la lueur du feu et de la chandelle qui estoit en divers endroits de la chambre les diverses postures que je faisois en me baissant et me haussant après. Il me frotta avec une essence de jasmin par tout le corps, et luy s'en frotta pareillement ; et nous estant remis sur le lict, nous fismes

---

43. Grande description d'une nuict amoureuse, pour instruire les filles, et autres circonstances nécessaires à sçavoir.

vingt culbutes pour nous esgayer. En suite de quoy, me tenant agenouillée devant luy, il me consideroit partout, les yeux ravis en extase. Il exaltoit tantost mon ventre, puis mes cuisses, puis mes tétons, et tantost l'enflure de ma motte qu'il trouvoit ferme et rondelette, y portant quelquefois la main, et je ne dis point que toutes ces petites fantaisies ne me plaisent infiniment. Et puis me tournant par derrière, il contemploit tantost mes épaules, puis mes deux fesses, et puis me faisant baisser les mains sur le lict, il montoit à cheval sur mon dos et me faisoit aller ; et quand il eut ainsi demeuré quelques temps, il descendit de son cheval, non pas de costé, mais à reculons (car il ne craignoit pas, disoit-il, que je luy ruasse des coups de pied), et ainsi tout d'un temps, en descendant son membre par entre mes deux fesses, il me le fichoit dans mon con. Au commencement, je me voulois lever et faisois la rétive, mais luy me prioit, me conjuroit, se désesperoit, si bien que j'en avois pitié ; je me remettois, et luy prenoit son plaisir à me le fourrer dedans et le retirer tout d'un coup, se délectant à le voir entrer et sortir, et cela faisoit un bruict, cousine, comme les boulangers qui enfoncent leur poing dedans la paste et le retirent soudain, ou comme les petits enfants qui retirent leur baston de leur canonnière où ils ont desjà mis un tampon de papier[44].

Fanchon : Quel dévergondage, ô Dieu ! de part et d'autre. Et aviez-vous du plaisir à cela aussi, vous ?

---

44. Comparaison jolie du bruict que fait un vit au con quand il entre et qu'il sort, et la continuation de cette nuict.

Susanne : Pourquoy non ? Quand on s'aime bien, ce sont de petites coyonneries qui plaisent toujours et qui ne laissent pas de chatouiller un peu, et cela fait passer autant de temps agréablement, outre que l'on le trouve meilleur par après.

Fanchon : O bien donc, poursuivez, si vous le trouvez bon.

Susanne : Enfin, quand il fut las de me chatouiller de la sorte, nous allasmes, aussi nuds que nous estions, auprès du feu, où il me fit asseoir dans une chaise auprès de luy, et aussi tost alla prendre dans un coin de la chambre une bouteille d'hypocras avec certaines confitures dont il me fit manger, et je me sentis merveilleusement restaurée. Or cependant que nous mangions, il s'estoit remis auprès de moy en posture humble et suppliante, et me cajolloit comme s'il ne m'avoit jamais vue, me contant son martyre et qu'il se mouroit pour l'amour de moy, avec les plus douces paroles du monde. Si bien que, feignant d'en avoir pitié, je lui ouvrois mes cuisses, ainsi mise que j'estois, et luy, tenant son engin au poing, se traînoit à genoux entre deux, disant qu'il le vouloit seulement mettre à couvert. Et ayant aussi tost pourveu à cela, me tenant enfilée sans mouvoir davantage, ainsi en mangeant toujours nous raisonnions doucement de chaque chose, et quand il estoit à moitié mangé nous le renvoyions de bouche en bouche. Tant qu'estans lassés de ceste posture nous en recommençasmes une autre, et tantost une autre, et ainsi à l'infiny, me considérant partout, et il sembloit qu'il ne l'avoit encore jamais fait et qu'il ne s'en deust jamais soûler. Ensuite de quoy il se ravisa et prit un verre sur la table, qu'il remplit d'hypocras, et voulut que je beusse la première. Je le vuiday entièrement, et l'ayant aussitost remply pour luy il en fit autant que moy. Nous continuasmes deux ou trois fois, en sorte que les yeux nous pétilloient d'ardeur et ne respiroient que le combat naturel. Nous fismes donc trève de bonne chère, et retournant à me caresser, me prist soubs les bras et me fit lever, et quand je fus debout il fit mine de me chevaucher ainsy, et se trémoussa vers moy en se baissant et moy vers luy en me haussant ; les culs nous alloient à tous deux comme s'il eust desjà le vit au con, et voyant qu'il ne pouvoit rien faire entrer à cause de l'incommodité d'estre debout, il m'apprit au moins que ce qu'il en faisoit estoit pour m'enseigner à remuer les fesses[45] de mesure pour quand nous serions accouplez, et que le remuement de deux fesses bien accordées, qui s'approchent et se retirent quand il est temps, est un grand assaisonnement à la volupté. Il m'apprit ensuite plusieurs autres choses à faire, qu'il trouvoit agréables devant et pendant le déduit. Que diray-je davantage ? il ne nous manquoit qu'un miroir pour mieux contempler nos postures, à faute de quoy il me monstroit tous ses membres qu'il avoit les mieux faits, et vouloit que je les maniasse, prenant autant de plaisir d'estre touché de moy qu'il en avoit à me toucher. Bref il n'avoit jamais mis tant d'apprêts à me chevaucher comme il fit ceste fois là, et luy en ayant tesmoigné ma pensée, je le priay de mettre fin à toutes choses. Il estoit las de baiser, manier, fouiller et farfouiller, c'est pourquoy il m'escouta et nostre plaisir ne put souffrir un plus long delay. Je l'empoignay par

---

45. Apprentissage nécessaire aux filles pour bien remuer les fesses.

le manche et le menay au pied du lict, où je me couchay à la renverse, l'attirant dessus moy ; je m'enconnay moi-même son vit dans mon con jusques aux gardes ; il faisoit craqueter le lict en poussant, et je luy repoussois de toutes mes forces. Bref, tout estoit en agitation parmy nous, et ne pouvions plus rien faire entrer par le remuement des fesses ; je sentois les coüillons d'ayse qui battoient la cadence contre les miennes. Enfin, il eslance de plaisir contre moy et me dit qu'il alloit faire un grand coup, dont je serois toute ravie. Je luy dis qu'il se despeschât vistement, et nous nous dismes en suite plus de vingt fois l'un à l'autre : Et tost, m'amour, mon cœur, et quand feras-tu ? lors il commença à faire la descharge et m'en donna le signal en me baisant et me poussant de force toute sa langue dans la bouche. Il me semble encore que j'y suis, quand il eslanca par plus de six fois la liqueur amoureuse en moy, et cela se faisoit à petites secousses[46], et chaque secousse me faisoit mourir autant de fois. Je fis aussi ma descharge avec luy, et pour bien exprimer quel estoit nostre plaisir, tiens, ma cousine, tu aurois esté ravie en extase en voyant seulement comme il toussoit et se tourmentoit sur moy dans le temps que nous achevions de fournir notre carrière.

Fanchon : Non seulement je le crois, ma cousine, mais je sens une émotion toute pareille dans la description que vous m'en faites, et pour vous dire franchement mon advis, j'aimerois mieux les conclusions en ces sortes d'affaires que de m'amuser autant de sortes d'apprêts que vous m'avez là racontés.

---

46. De l'éjaculation de la liqueur d'amour et comment elle se fait.

Susanne : C'est au contraire de ce que tu dis. La conclusion ne peut manquer, et cela estant, il faut estre plus mesnagère de ce plaisir, qui autrement seroit de courte durée sans la préparation qu'on lui apporte[47]. Or si je croyois assez avoir de temps avant que Robinet fust venu, je te ferois un petit discours qui te serviroit encore bien d'instruction là-dessus.

Fanchon : Hé ! de grâce, ma cousine, puisque nous y sommes, achevez, et faites que je vous aye l'obligation entière.

Susanne : Apprens donc qu'il y a cent mille délices en amour qui précèdent la conclusion, et lesquelles on ne peut autrement gouster que dans leur temps, avec loisir et attention, car autre chose est le baiser que l'attouchement, et le regard que la jouissance parfaite. Chacun de ces quatre a ses différences ou divisions particulières. Il y a premièrement le baiser du sein et de la bouche et des yeux, bref de tout le visage ; il y a le baiser mordant, qui se fait par l'attouchement et impression des dents dedans la chair ; le baiser de la langue, qui est le plus suave, et le baiser des autres parties du corps, selon que la fantaisie amoureuse, qui n'a point de bornes, est capable d'emporter la raison ; et chacun de ces baisers a ses goûts différents et qui sont capables d'amuser longtemps par la nouveauté et douceur qui s'y rencontrent. Pour l'attouchement, il est divisé selon la division des membres et ses plaisirs sont aussi différents. Le téton ferme et rebondi remplit agréablement la main et

---

47. Mesnage qu'il faut faire de la dernière faveur d'amour, avec une briefve description et division de tous les plaisirs qui doivent précéder et accompagner, tant en pensées et en paroles qu'en œuvres.

fait aussitost dresser le vit par imagination d'autre délices ;
du téton l'on vient aux cuisses, et l'on gouste un autre plaisir
à sentir deux colonnes d'albâtre, vives et charnues, quand
la main se pourmeine autour. Bref, la main va agissant par
tout : tantost sur le ventre plein et arrondy, tantost sur la
motte velue, qu'elle empoigne et tire par les poils, fouillant et
farfouillant des doigts à l'entrée du con, en faisant entr'ouvrir
les deux lèvres de nature avec des émotions vives et ardentes,
et de là faisant le tour par les hanches, elle est emportée sur les
fesses, qui sont d'aimant pour elle et qui l'attirent avec tant de
vertu que l'on voit le membre amoureux se tendre roidement
vers le centre velu qui l'attire. Ce membre aussi a ses plaisirs
particuliers d'attouchement et se plaît d'estre logé tantost dans
la main de la dame, tantost entre les cuisses, tantost entre les
fesses et tantost entre les mamelles. Si tu sçavois quel plaisir
que c'est, quand un corps nud se vautre sur un autre et que
les bras, les jambes, les cuisses sont entrelacés les uns parmy
les autres d'une douce estrainte, à la façon des anguilles, tu ne
voudrois jamais faire autre chose. Pour les regards amoureux,
il n'y a rien si plaisant à considérer qu'un beau corps en la
personne aymée, la structure de ses membres, ses postures
et ses dispositions lascives ; il n'y a rien qui excite davantage
au plaisir, autant à voir qu'à estre veu ; toutes les passions
s'expriment par là, et l'âme se donne entièrement à connoistre
en furetant les lieux qui luy sont plus plaisants à voir. A ceste
heure, la joye est si grande de regarder aux yeux de la personne
aymée et de luy faire cependant quelque lasciveté au corps,
dont elle soit honteuse ou esmue de quelque autre passion,

qu'il n'y a langue humaine qui le puisse dignement exprimer. Quelle joye aussi de se montrer nud aux yeux de ce qu'on ayme, et de plus, luy causer ainsi d'abord de l'estonnement et de la confusion par un spectacle qui ne luy doit donner par après que du ravissement. La jouissance vient ensuite dans son rang, comme la dernière, et elle doibt donner lieu et temps que ces premières se soyent passées auparavant, car après elle les autres n'ont presque plus de goust ny de pointe, et elles luy doivent toujours servir d'avantcoureurs. Or cette jouissance dernière comprend et surpasse tous les autres plaisirs, et a ses façons particulières de mettre le vit au con, qui sont de plusieurs sortes : dans le glissement d'un vit dans un con large ou estroit (et il est toujours plus plaisant qu'il soit trop estroit que trop large), dans la considération du temps et des lieux, dans le mouvement prompt ou tardif, dans les delays qu'on prend pour descharger, dans la quantité de la liqueur que l'on répand, dans les accolades et embrassements. Et parmy tout cela, depuis le premier moment qu'on a commencé à baiser, regarder, toucher et enconner, jusques à l'entier accomplissement de l'œuvre, il faut donner place et entremesler cent mille mignardises et agréments : jalousies et petits mots, lascivetés, pudeurs, frétillements, douceurs, violences douces, querelles, demandes, responses, remuements de fesses, coups de main, langueurs, plaintes, soupirs, fureurs, action, passion, gesticulation, souplesse de corps et instruction d'amour, commandements, prières, obéissance, refus, et une infinité d'autres douceurs qui ne peuvent pas être pratiquées en un moment[48]. Voilà ce que je t'avois à dire là dessus, ma cousine ; or regarde donc maintenant si toutes ces sortes de douceurs et caresses ne sont pas douces à supporter et si je n'ay pas occasion de me louer de ma bonne fortune qui m'a procuré un amy qui en sçait si bien user dans le temps et qui est si raisonnable d'ailleurs.

Fanchon : Certainement je reconnois que c'est un art bien difficile à apprendre que celui-là, ma cousine, et il y auroit bien encore plus de choses à dire, ce me semble, si l'on demandoit les raisons particulières de chaque point.

Susanne : Vrayement il ne faut pas que tu doutes qu'on n'y puisse adjouster, et quand je te reverray, j'espère bien de t'en raconter davantage. Mais parlons encore de mon amy ; à propos, que t'en semble, encore une fois ?

Fanchon : Je vous dis que vous estes bien heureuse, ma cousine, et que vostre mérite aussi vous rend digne en partie du bien qu'il vous fait recevoir.

[49]Susanne : Point du tout, mon cœur, car mon mérite ne le rend point sage comme il est. Tu ne sçaurois croire au reste la discrétion qu'il a pour moy : quand nous sommes devant le monde, il n'oseroit presque me regarder, par respect, et il semble qu'il n'auroit pas la hardiesse de baiser le bas de ma

---

48. Heureux état d'une fille qui jouit de tous ces plaisirs, et de la difficulté et de l'art de les apprendre.
49. Exemple de description en un amy.

robe, tant il a peur de m'offenser, et cependant, il faut advouer qu'il sçait si bien bannir le respect quand il est temps, qu'il n'y a sorte de mignardises et de lascivetés qu'il ne commette et ne fasse commettre, pour me donner du plaisir et à tous deux du contentement.

Fanchon : Eh ! paix !

Susanne : Qu'y a-t-il donc ?

Fanchon : Ah ! ma cousine, le cœur me bat, et j'entends Robinet qui vient icy.

Susanne : Eh ! tant mieux ! réjouis-toi ; de quoy as-tu peur ? Que je porte desjà d'envie à ton bonheur et au plaisir que tu vas recevoir. Cependant rasseure-toy toujours un petit et te dispose à luy faire bonne chère de tes faveurs ; je m'en vais au devant de luy pour le recevoir. Tandis que tu l'attendras sur le lict, feignant de travailler à ton ouvrage, je lui conteray comment il se doibt comporter, afin que tu ne sois pas surprise. Adieu.

Fanchon : Adieu, ma chère cousine, je me recommande bien à vous.

Fin du premier dialogue.

Advertissement aux dames

Mes belles dames, il y aura encore quelque chose à profiter icy pour vous, et après avoir contenté les plus pressées dans le précédent discours, vous verrez que ce dialogue icy ne mérite pas moins de porter le titre, sur la fin, de la Philosophie des Dames, pour les belles et rares difficultés qui y sont expliquées, que celuy qu'il continue de porter, de l'Escole des Filles. Je ne doute point, mes dames, que vous ne soyez assez bien instruites à toutes les mignardises et délicatesses de l'amour, et que vous ne sçachiez mettre en pratique, encore mieux que l'on ne sçauroit dire, tout ce que l'art et la nature ont inventé de plus ingénieux pour les rendre plus désirables. Mais il y en a toujours quelques unes entre vous qui font déshonneur à leur sexe, et c'est une honte de les voir ainsi belles, grandes et bien formées qu'elles sont, néanmoins, pour avoir esté mal instruites, après plusieurs années d'escole et d'apprentissage, se tenir immobiles au lict comme des souches aux plus vifs attouchements, ne respondre que froidement aux plus chaudes caresses qui leur sont faites, et n'avoir pas l'esprit de dire seulement ce qu'elles sentent. La faute vient sans doute de ce qu'elles n'ont pas eu la théorie avant la practique, et elles méritent pour cela d'estre renvoyées à l'Escole, pour y apprendre les commencements avec les filles. Pour vous, mes dames, qui estes montées jusques à la première classe et qui estes passées maistresses dans ceste Escole, et qui sçavez les moyens, quand il vous plaist, pour enyvrer un amant de vos moindres faveurs et luy faire sentir mille morts délicieuses avant qu'il soit venu jusques à la dernière, c'est à vous que je dédie ces hauts raisonnements, tirés de lu plus subtile doctrine de l'amour. Ils ne sont pas indignes de vostre attention, et vous y trouverez infailliblement des nouveautés qui occuperont vostre esprit à les lire et à les examiner, pour peu que vous incliniez aux belles choses. J'ose mesme croire, mes dames, que vous en ferez vostre profit, comme j'ay dit, et que dans vos esbats particuliers, ayant l'imagination remplie de ces agréables idées, ceux qui auront l'honneur de vous posséder prenant part à vos pensées, vous unirez vos corps par de plus douces estraintes et ferez des embrassements plus mols et plus voluptueux, à vostre grande satisfaction.

Second dialogue

Susanne et Fanchon, personnages.

Susanne : A ceste heure que nous voylà seules, conte-moy comment il va depuis le temps que je ne t'ay point vue.

Fanchon : Fort bien, ma cousine, dont je vous rends grâces, et en dépit de ma bonne bigotte de mère qui m'avoit tant de fois preschée de fuir les garçons, disant qu'ils ne valoient rien et qu'ils trompoient les filles, car je vous asseure que celuy que j'ay ne m'a pas encore trompée[1].

Susanne : Ho ! ho ! vrayement, il n'auroit guère de cœur et il faudroit qu'il fust bien malheureux pour en user de la sorte. Mais tu n'es pas faschée de luy avoir permis ce que tu sçais, à ce que je me puis imaginer ?

Fanchon : Non, aussi vray, ma cousine, tant s'en faut ; et si c'estoit à recommencer, je le ferois de bon cœur, sçachant ce que je sçay, car je vous asseure que c'est un grand soulagement d'estre aimée, et je trouve, pour moy, que je m'en trouve mieux de la moitié depuis que je me suis appliqué la peau d'un garçon dessus.

---

1. Remarque des premières lumières d'esprit d'une fille qui se divertit ; sa joye et sa disposition à bien faire.

Susanne : Tu en es seulement plus gaillarde à te voir comme tu es, et tu me portes la mine d'estre un jour bien fine et rusée à ce jeu.

Fanchon : Ma cousine, ce n'est rien que cela, et j'apprends tous les jours. On est un peu honteuse au commencement, parce qu'on n'a pas accoutumé de le faire, mais, à la fin, je mettray soubs pieds toute honte, car mon amy m'apprend peu à peu à n'en point avoir. Il dit qu'il me veut rendre une des plus habiles filles qui soient capables de donner du contentement aux hommes.

Susanne : O bien ! il faut espérer cela de son amitié et de ton bon naturel. Or, pour t'y porter encore plus, il faut considérer l'avantage que tu as sur les autres filles, d'avoir un si grand plaisir qu'elles n'ont point, et t'ouvrir d'ores en avant l'esprit, pour en faire un petit commerce et considérer les raisons qu'il y a d'en user ainsi.

Fanchon : Ma cousine, cela est estrange : depuis que Robinet a couché avec moy et que j'ay veu et senty les choses, en examinant les raisons, tout ce que m'a dit par cy devant ma mère ne me paroist plus que sottises et des contes pour amuser les petits enfants. Comment, il semble que l'on ne soit garçon et fille que pour cela, et l'on ne commence de vivre au monde que depuis que l'on sçait ce que c'est et que l'on en a gousté, et tout ce que les garçons et filles font, tout ce qu'ils pensent, tout ce qu'ils disent, il semble qu'il ne doive aboutir que là, quelle hypocrisie donc et quelle rigueur à ceux qui le veulent empescher ! Je n'estois bonne auparavant qu'à filer et me taire, et à présent je suis bonne à tout ce que l'on voudra. Quand je parle maintenant avec ma mère, je me fonde en raisons et je discours comme si c'estoit une autre, au lieu qu'autrefois je n'osois desserrer les dents. Pour ce qui est de cela, l'esprit commence à me venir, et je mets mon nez dans les affaires où à peine aurois-je pu rien connoistre auparavant, et quand ma mère y trouve à redire, je luy responds bravement et luy fais voir son bec jaune ; enfin, elle est tout estonnée de me veoir et conçoit de là une meilleure opinion de moy[2].

Susanne : Et cependant elle n'a rien descouvert de vos affaires ?

Fanchon : Non, point du tout. O ! qu'elle n'a garde, vrayement ; j'y donne trop bon ordre.

Susanne : Mais en quel état sont-elles à présent ?

Fanchon : Très-bien, ma cousine, excepté seulement que Robinet ne me vient pas veoir si souvent que je le voudrois bien.

Susanne : Tu es donc bien accoutumée avec luy, à ce que je vois ?

Fanchon : O ! qu'ouy vrayement, nous sommes en la meilleure intelligence du monde.

---

2. Comment l'esprit s'ouvre en chevauchant.

Susanne : Et n'as-tu pas eu un peu de peine auparavant, et n'as-tu pas trouvé estrange du commencement de ses façons de faire ?

Fanchon : Vous allez tout sçavoir, et vrayement, si vous m'avez fait autrefois des contes de plaisir et de chatouillement, j'en ay bien d'autres tout prêts à vous faire à ceste heure ; j'ai de quoy vous payer en la mesme monnoie que vous m'avez fait.

Susanne : Dis donc vite, ma connaude, cela ne peut estre mauvais, de la façon que je me le figure, et quand tu auras dit, par après nous verrons si tu as affaire à un habile homme.

[3]Fanchon : Pour commencer donc, la première fois qu'il me fit cela, j'estois sur le lict assise où vous m'aviez laissée, comme vous sçavez, qui faisois semblant de coudre à mon ouvrage. Quand il entra dans la chambre, il me salua d'abord et me demanda comment je me portois, et luy ayant respondu civilement, après quelques cérémonies faites pour s'asseoir, il se mit enfin auprès de moy, me regardant fixement au visage. Je crois qu'il regardoit si je ne me doutois de rien, et après s'estre enquis là où estoit ma mère et à quel ouvrage je travaillois, il me dit, en tremblant, qu'il vous avoit rencontrée sur le degré, là où vous lui aviez bien dit des choses de moy, si je vous en avois donné charge. Je ne luy respondis rien, en souriant, et cela lui faisoit peut-être penser qu'il en estoit quelque chose ; au moyen de quoy, luy voyant que je demeurois muette et quasi comme interdite, il prit un peu plus de hardiesse et s'efforça

---

3. Accoutumance des filles avec les garçons.

de me baiser. Je le laissay faire sans beaucoup luy résister, m'estant préparée à tout ce que vous m'aviez dit. Et s'estant retiré après pour me considérer, il vit que j'estois devenue toute rouge de honte et que je n'osois le regarder, ce qui fust cause qu'en s'approchant aussi tost il me dit :

« Tu rougis, m'amour ; baise-moy encore un coup. Et ce disant il me baisa, mais il demeura un peu plus longtemps à ce baiser qu'à l'autre, parce qu'il avoit mis sa langue dans ma bouche, et, je ne vous mentiray point, ceste façon de baiser me plaist extrêmement. Si bien que voyant que c'estoit une affaire qu'il faut, et qu'à toutes choses il y a commencement, je pris une ferme résolution de complaire à tout ce qu'il me feroit. »

Susanne : Fort bien.

Fanchon : Je reçus donc sa langue sous la mienne, où il la fit frétiller longtemps, et demeuray ainsi collée avec luy, goustant, sans penser à autre chose, le premier plaisir, tandis qu'il glissa sa main soubs mon mouchoir de col, où il me prit les tetons, qu'il mania l'un après l'autre, et puis la coula dans le sein le plus avant qu'il put.

Susanne : Voilà un bon commencement.

Fanchon : Et la fin n'en sera pas pire ; car voyant qu'il ne me pouvoit atteindre plus avant, il la tira dehors et la posa sur mes genoux, et toujours en me baisant, il leva petit à petit ma jupe avec les doigts, et me venoit à toucher enfin le dessus de la cuisse[4].

Susanne : Cela s'appelle, comme il faisoit, toujours gagner pays. Je pense que le cœur lui battoit bien.

Fanchon : Vous allez veoir qu'il n'y a guère de filles, à ce qu'on m'a dit, qui ayent de plus belles cuisses que moy, je puis me vanter de cela, et qui soient mieux faites que les miennes, car je les ay blanches, grosses et douillettes.

Susanne : Je le sçay bien, pour les avoir veues et touchées.

Fanchon : C'est pourquoi il tressaillit d'ayse en les touchant, et s'estant serré plus fort contre moy en les pressant[5], pour me dire qu'il n'avoit jamais senty de chair si douce, son chapeau, qu'il avoit mis sur son genou, tomba à terre, et ayant aussi tost porté les yeux en cest endroit, par curiosité, je vis, le long de sa brayette, une longue enfleure qui poussoit et taschoit à sortir dehors.

Susanne : Ha ! carogne, hé bien ?

Fanchon : Je songeay aussi tost à cest engin roide que portent les hommes pour pisser, comme vous m'aviez dit, et avec lequel il devoit me donner du plaisir, et je me souvins qu'en

---

4. Méthode jolie et spirituelle pour trousser finement la cotte à une fille sans qu'elle s'en aperçoive, ou les premières approches d'un garçon pour chevaucher une fille, comme si de rien n'estoit, avec les déportements de la fille qui consent ; le tout déclaré bien au long.
5. Petite description du con, en passant, et la préparation d'un homme assis pour chevaucher.

entrant dans la chambre je ne l'avois point veu comme cela.

Susanne : C'est qu'il ne bandoit pas alors.

Fanchon : Tellement que je me doubtay bien alors que nous passerions plus outre et que nous ferions quelque chose, ce qui fut cause que je me levay pour aller fermer la porte, de peur que par hazard nous ne fussions surpris par la servante, qui estoit en bas. M'ayant demandé où j'allois, et ayant eu peine à me laisser aller, je vis qu'il rajustoit cela par dedans, et quand je fus retournée (mesme je descendis pour donner de l'occupation à la servante, afin que pour quelque bruit elle ne vînt à interrompre nostre plaisir), ainsi asseurée que je fus, je m'en allay droit à luy, qui me sauta au col dès aussitost qu'il me vit et ne me voulut point laisser asseoir sur le lict comme auparavant, mais me tira debout entre ses jambes et m'estraignit de toute sa force, et croiois d'abord qu'il me vouloit estouffer, et je luy dis ma pensée, mais il me dit :

« C'est que je t'aime, mon cœur. »

Et ainsi disant, il fourra la main derrière par la fente de ma jupe, et tirant peu à peu la chemise, il fit tant qu'il me vint à toucher les fesses, lesquelles il trouva fermes et rebondies, et de l'autre main qu'il avoit libre, il me prit la mienne et s'aventura en me regardant, de la mettre, comme sans y penser, sur sa brayette[6].

---

6. Description jolie d'une fille qu'on dépucelle, et toutes les cérémonies requises de la fille et du garçon.

Susanne : O ! que tu fais durer cela longtemps !

Fanchon : Dame, il estoit pourtant ainsi, et aussi long comme je vous le dis, ma cousine[7]. Je sentis donc cela qui estoit dur et qui se poussoit en avant contre ma main, et voyant que je n'en tesmoignois aucun semblant, il se déboutonna par là. Fourrant ma main dedans, il me dit :

« Touche, m'amour ; touche, mon cœur. »

Je vis qu'il estoit bien ayse que je luy touchasse ; je fis donc ce qu'il voulut et me laissay doucement forcer à lui complaire, et il sembloit qu'il deust mourir d'ayse à chaque atteinte que je lui donnois, car tantost il me disoit, en conduisant ma main :

« Touche icy, touche là, et plus bas, aux coüillons, m'amie ; sens-tu les poils ? reviens icy, empoigne et frotte haut et bas. »

Susanne : Il me semble que j'y suis.

Fanchon : Après quoy, il dit :

« Je veux que tu le voyes. »

Et tout disant cela, il me le fit tirer hors de la brayette, dont je fus estonnée de la forme et grosseur qu'il avoit, car il est fait tout autrement quand il est dur que quand il est mol. Il s'aperçeut de mon estonnement, et me dit :

---

7. Advertissement, non moins facile que nécessaire, pour ceux qui dépucellent les jeunes filles.

« Tu ne sçais pas, m'amour, où il faut que cela entre, et cependant tu as un endroit sur toy propre à le recevoir. Lors, s'émancipant tout d'un coup, il me troussa la chemise tout autour et me descouvrit le ventre et les fesses, se plaisant à les patiner, et puis tantost il me touchoit du vit les cuisses, tantost les hanches, tantost revenoit aux fesses et au ventre, après entre les poils de ma rouge motte, et puis incontinent après il vint au trou mignon[8] ».

Susanne : Eh ! là donc, je n'attendois que cela.

Fanchon : Il me prit, dis-je, par le con, où il s'arresta quelque temps, me pressant les deux babines l'une contre l'autre et quelquefois passant les doigts entre les poils qui sont dessus la motte, laquelle il empoigna aussi, faisant par ce moyen entr'ouvrir la fente de ma nature. Après, il me fit rebuter un peu en arrière, et passa les genoux entre les miens, et soulevant un peu le cul, dévala son haut de chausse, et ayant rangé sa chemise, il prit son affaire dans sa main et me fit approcher.

Susanne : Or c'est icy qu'il faut bien prendre garde.

Fanchon : Je sentis cela roide contre la motte, et je cognus qu'il le vouloit mettre dedans. Il m'ouvrit premièrement les deux babines avec les deux mains, et poussa deux ou trois coups assez fort et m'eslargit beaucoup, mais il ne put entrer davantage, parcequ'il me fit mal, et fut obligé de s'arrester un

---

8. Autre advertissement nécessaire et remarquable sur ce sujet, et de la disposition du vit et du con l'un dans l'autre.

peu, à la prière que je luy en fis. Et s'estant un peu mieux rajusté que devant, il me fit plus ouvrir les cuisses et poussa son affaire un peu plus avant, mais je le forçay encore de s'arrester. Il me disoit bien que je prinsse patience, que ce n'estoit qu'un petit mal, et que quand cela auroit une fois trouvé passage, il n'auroit plus de peine à entrer par après ; que cela luy faisoit bien mal aussi comme à moy, mais qu'il se contraignoit pour l'amour de moy. Je me contraignis donc aussi pour l'amour de luy, et il en fit entrer deux ou trois doigts à bonne mesure, sans luy résister, et me tenant ainsi enconnée, il me conjuroit assez de souffrir le reste. Voyant que je ne voulois pas, il voulut essaier une autre posture. Il se lève donc et me renverse sur le lict et[9] se couche sur moy, mais je le sentis trop pesant. Il soulève mes deux cuisses sur ses deux bras, et ainsi me soulageoit un peu, se tenant debout contre les bords du lict, car il n'appuyoit pas tant, mais je trouvay toujours une telle rudesse à me sentir ouvrir par son gros engin, que je ne le pus souffrir. Dans ceste inquietude, il se retira tout de dedit, et moy je me vis tout entr'ouverte au bas du ventre.

Susanne : Quel plaisir, cousine, et que n'ay-je un tel vit ! De bon cœur, je ne m'en plaindrois point.

Fanchon : Patience donc, je ne m'en plaignis pas tousjours aussi[10]. Pour conclusion, il revient et me baise, il manie mon con, il met le doigt dedans pour veoir ce qu'il a opéré, et ne

---

9. Dernier effort, ou les abois du pucellage.
10. Plaisir qui suit le dépucellage.

sçachant plus que faire, se met à se promener par la chambre, jurant, maugréant, tandis que je m'estois recouverte.

Susanne : Le pauvre enfant, il avoit donc bien de la peine ?

Fanchon : A la fin, il manie piteusement son affaire devant moy, et il advise un pot de pomade qui estoit sur la cheminée ; il le prend aussitost et dit :

« Bon, voylà qui nous servira bien ».

A mesme temps, il en mit dans sa main et en frotta le manche haut et bas, pour le rendre plus coulant.

Susanne : Il ne faut que cracher dessus et frotter avec la main.

Fanchon : Enfin, il s'advisa de cela et ne songea peut-être pas à l'autre. Il me fit aussitôt mettre en posture dans une chaise et se mit à genoux devant moy, et la pomade le fit entrer plus avant ; après quoy, voyant qu'il ne pouvoit encore rien faire, il me fit lever et mettre à quatre pattes sur le lict[11], et s'estant derechef frotté de pomade, il m'attaqua par derrière.

Susanne : Que de façons pour un dépucelage ! Vrayement mon amy n'en employa pas tant pour moy, il eut fait en moins de rien et si je ne me plaignis pas tant.

Fanchon : Quoy que c'en soit, l'affaire se passa comme je vous le dis. Ma robe estoit donc troussée sur le dos, et me faisant roidir l'échine, je luy présentay assez beau. Ce nouveau

---

11. Posture commode et plaisante pour chevaucher en levrier, le con derrière.

visage l'esmeut si fort qu'il ne m'escouta plus ; il poussa et m'entr'ouvrit avec plus de facilité que devant, et fit tant à la fin, se remuant de cul et de teste, qu'il força la barricade.

Susanne : Dieu soit loué du tout, ma cousine ; je suis ravie de te voir eschappée de tous ces petits accidents, venons au reste.

Fanchon : Je ne me plaignis pas tant alors que j'avois fait, et je sentis quelque plaisir, voyant son membre logé si à l'estroit dans moy. D'autre part, il estoit tout glorieux de l'effort qu'il avoit fait, et n'ayant plus de difficulté à vaincre, il m'appeloit son cœur et s'amie, et me dit qu'il m'alloit faire bien ayse ; je sentis pour cela l'opération naturelle du corps, et son membre allant et venant, avec le plaisir qu'il avoit, me causa la démangeaison.

Susanne : Bon.

Fanchon : Il me demanda si j'estois bien ayse ; je luy dis qu'ouy ; il me dit qu'il l'estoit pareillement. Alors, me serrant de plus en plus fort, me tenant embrassée sur les hanches, se tenant appuyé sur ma croupe, il me touchoit quelquefois d'une main les mamelles et de l'autre les fesses ou la mothe.

Susanne : C'estoit pour luy donner courage.

Fanchon : Mon plaisir mourant à mesure qu'il remuoit, et ne me pouvant plus tenir sur les mains pour l'ayse que j'avois, les bras me faillirent et je tombay le nez sur le lict[12].

---

12. Grand plaisir que reçoit une fille qui n'a jamais chevauché, à la première descharge qui se fait.

Susanne : Tu ne te cassas point le nez contre la plume ?

Fanchon : Non, attendez. Il me dit :

« Prends garde », sans s'arrêter, et à la fin il fondit d'ayse sur moy, en disant :

« Mon cœur, je fous ! »

Susanne : Et comment te trouvas-tu alors avec luy ? Ne fis-tu pas aussi ?

Fanchon : Belle demande ! et quel moyen de s'empescher quand cela vient ? Je perdis toute connaissance et fus ravie en pasmoison. Il n'y a point de sucre ny de confitures qui soyent si doux à la bouche que cela est au con ; le chatouillement se rendit universel par tous mes membres et fus comme esvanouie[13].

Susanne : Tu ne croiois pas cependant qu'il deust estre si grand ?

Fanchon : Non, je n'eusse eu garde, ne l'ayant point esprouvé. A la fin, s'estant retiré, je me sentis un peu mouillée en cest endroit et je m'essuay avec ma chemise, et je vis aussi que son affaire n'estoit pas si droit qu'auparavant et qu'il baissoit la tête peu à peu en se retirant.

Susanne : Il n'y a point de double.

---

13. Estat de l'homme et de la femme après le chevaucher, et les devis amoureux qu'ils se font.

Fanchon : Cela fait, je me trouvay bien refaite et ne souhaitay rien plus. Après, il me baisa et me parla du plaisir qu'il avoit eu. Je lui parlay du mien, dont il me tesmoigna estre plus aise que du sien propre. Nous contasmes longtemps pour sçavoir lequel avoit esté le plus grand, chacun disant ses raisons, le plus raisonnablement du monde, pour monstrer le grand ayse qu'il sentoit et qu'il en avoit eu plus que l'autre. A la fin, nous conclusmes sans nous accorder que chacun avoit senty le sien ; mais il me dit qu'il avoit esté plus ayse du mien et qu'il en avoit reçeu à me veoir faire, et moy je luy dis pareillement[14].

Susanne : Cela n'est pas sans exemple ce que tu dis ; car quand on ayme bien on est plus ayse du plaisir d'autruy que du sien propre. D'où vient que si le garçon veut faire cela à la fille quelquefois qu'elle n'est pas d'humeur, néanmoins, à cause qu'elle ayme le garçon seulement, elle consent qu'il le luy fasse, non pas pour l'amour d'elle, mais pour l'amour de luy, qui fait qu'elle luy dit, en se descouvrant sur le lict :

« Sus, mon cœur, prenez de moy vostre bon plaisir et faites à vostre volonté. Et quand c'est le garçon qui n'est pas d'humeur et que c'est la fille qui en a envie, il se soumet à son vouloir et a la mesme complaisance qu'elle a euë pour luy une autre fois. »

Fanchon : Je suis bien ayse de sçavoir encore cela ; j'en feray souvenir Robinet quelquefois qu'il ne sera pas d'humeur.

---

14. Complaisance remarquable et exemplaire d'un garçon qui n'a pas envie de chevaucher envers une fille qu'il ayme, et la rétribution réciproque de la fille envers luy.

Susanne : Fort bien.

[15]Fanchon : Cependant, de peur qu'il ne vînt quelqu'un, il avoit remis son haut-de-chausse et s'estoit assis auprès de moy et me contoit l'obligation qu'il vous avoit, quand il vous rencontra sur le degré, disant que sans vous il seroit mort d'angoisse pour ne pouvoir plus attendre, et qu'il y avoit long temps qu'il estoit espris de ma beauté et qu'il avoit envie de me faire cela, pour la grande affection qu'il me portoit, mais que jamais il n'avoit osé me le dire qu'à ceste heure qu'il en avoit essayé. Il ne pouvoit assez louer les bonnes qualités qui estoient en moy, et qu'il en avoit encore plus reconnu depuis sa jouissance qu'il n'avoit fait auparavant. C'est pourquoy il voulut lier avec moy une amitié indissoluble qui fust aussi longue que sa vie ; ensuite de quoy il me fit cent protestations d'amour et de service et me conjura de l'aimer toujours et de luy estre toujours fidèle, me promettant la réciproque. Et pour donner lieu que cette amitié fust accompagnée des mesme plaisirs que nous venions de prendre, afin que je n'eusse de regret, il me promit de me renouveller tous les jours deux fois ce mesme plaisir l'un portant l'autre ; dont je le remerciay, et pour cest effect nous nous avisasmes à nous conduire si secrettement que personne ne peust s'apercevoir de nostre pratique. Ce qu'estant résolu, nous parlasmes d'autre chose, et fouillant dans sa pochette, il en tira quelques pistaces et mirobolans dont il m'en fit manger, disant qu'il n'y avoit rien meilleur pour réparer les forces

---

15. Petit commerce joyeux des amants qui ont chevauché, et les plaisantes badineries qu'ils se font pour se mettre en humeur.

perdues au jeu d'amour. Tandis que je mangeois, je le priay que je pusse aller en bas pour veoir où en estoit la servante, et cependant il se mit à chanter pour oster tout soupçon. Je fus quelque temps à revenir, m'estudiant derechef à l'occuper ; je luy dis que ce jeune Robinet m'importunoit beaucoup et que j'eusse bien voulu en estre despetrée.

Susanne : Ha ! la bonne bête !

Fanchon : Et quand je fus remontée je refermay la porte sur moy et m'en allay à luy qui s'estoit remis sur le lict et qui regardoit son engin, qu'il avoit presque droit à la main. Si tost qu'il me vit, il le laissa là et m'embrassa, se plaignant que j'avois trop tardé. Il me le fit toucher encore, parce qu'il n'estoit pas assez dur, et en moins de rien il s'endurcit soubs mes doigts.

Susanne : Cela s'appelle, comme il estoit, bander à vit mollet.

Fanchon : Je luy estraignis quelque temps, plus hardie qu'auparavant, et pris mon plaisir à luy tenir, mesurant la longueur et la grosseur, et pensant à part moy la vertu que cela avoit de donner tant de plaisir, et il prenoit aussi plaisir d'en mesurer la grosseur et longueur. Luy aussitost m'estendit sur le lict à la renverse, et me troussa mes robes jusques au nombril, se plaisant à me considérer. Je ne m'opposay point à son dessein. Il me porta d'abord la main au con et me prit par les poils, et après il me tourna sur le ventre pour me considérer les fesses, et non content de cela, il me tourna et retourna dessus et dessoubs, me battant et me mouvant, et me fichant quelquefois les dents dans la chair, et me faisant cent folastreries avec les doigts. Pendant ce temps là, il m'apprit autant de particularitez de l'amour et me dit les raisons par quoy il en usoit ainsi. Je l'escoutois attentivement, désireuse d'apprendre, et cependant cela, il avoit redevalé son haut de chausse et me mettoit son outil entre les fesses, ores entre les cuisses, se remuant quelquefois pour veoir, et m'enseignant de faire pour quand il conjoindroit à moy.

Susanne : Le paillard ! il y prenoit donc bien du plaisir ?

Fanchon : Que vous diray-je davantage ? il me fit agencer de cent postures, m'enconnant à chacune, et me montrant comment il se falloit tenir pour mieux engaigner le vit[16], et n'en acheva pas une. J'appris tout fort aisément, résolue de le bien retenir. Et m'estant disposée à son vouloir pour en achever quelqu'une, après il s'estendit sur le lict, la lance droite à la renverse, et me tira sur son ventre. Je me le fourray de moy-mesme dedans le con et me forçay à remuer, disant que je besoignois. Il se faisoit faire ainsi, me considérant, et tantost me disoit que je poussasse fort, me baisant, la langue à la bouche, et tantost m'appelant sa vie et son âme[17], et tantost empoignant mes fesses, connaut, ma fouteuse, et autres injures à quoy il prenoit plaisir. Sur la fin qu'il connut que la douceur venoit, il ne se put empescher de remuer vers moy et moy vers luy ; tant qu'à la fin elle vint encore à sortir et nous finismes la carrière avec autant de contentement que la première fois.

---

16. Une jolie façon de chevaucher, et bien circonstanciée pour le ragoust qu'on y trouve.
17. Le chevaucher plus doux et plaisant après le dépucellage.

Susanne : Et deux.

Fanchon : Je reconnus alors pour vray ce que vous m'aviez dit touchant les propriétés de ceste liqueur, et raisonnant dessus, je disois que c'estoit un grand bien au monde que d'avoir trouvé ceste invention pour se divertir. Je luy demanday qui estoit le premier qui l'avoit inventée. Il ne m'en sçeut rien dire, pour ce qu'il n'estoit pas assez sçavant, mais cela l'ayant remis en humeur plus belle, luy me dit qu'il aymoit mieux me le montrer d'effect que de paroles et que l'expérience vaut mieux que le discours[18]. Ensuite de quoy il me baisa, des baisers il vint aux attouchements et des attouchements à me mettre le vit au con, et me le fit encore une fois en levrier, le con derrière.

Suzanne : Et trois.

Fanchon : Et ceste façon, à son dire, luy plaisoit le mieux et plus que les autres, attendu que c'estoit ainsi qu'il avoit eu mon pucelage et qu'il enfonçoit son affaire plus avant. Et quelque temps après, il me le fit encore une fois, avant que de s'en aller, ayant ma face tournée vers la sienne et mes deux jambes levées sur ses épaules[19].

Susanne : Et quatre. Comme tu les enfiles ! et cela ira-t-il toujours de même ?

Fanchon : C'estoit un premier abord, et il ne pouvoit moins

---

18. Un grand raisonnement sur le plaisir d'amour commencé et non achevé, et comme l'expérience vaut mieux que le discours.
19. Postures plus plaisantes les unes que les autres et pourquoy ; avec une façon commune de chevaucher qui s'appelle jambes au col.

faire, disoit-il, pour me donner des marques suffisantes de son amour et amitié.

Susanne : Certes, ce sont les meilleures. Et combien fustes-vous de temps à un tel ouvrage ?

Fanchon : Jusqu'à la nuict, que ma mère n'estoit pas encore venue.

Susanne : C'est à dire trois heures ou environ. Certes, c'est plus d'un coup par heure, et il avoit donc le feu au cul.

Fanchon : Quoy que c'en soit, je ne trouvois point que c'estoit trop, et ce fut bien le moyen de l'esteindre. Du depuis, nous avons continué tant que l'occasion nous a esté favorable et que nous n'y avons reçeu aucun empeschement. Voylà, ma cousine, comme les choses se sont passées depuis le temps que je ne vous ay veue et ce que j'avois à vous dire pour ce que vous m'avez demandé. Or, dites-moy un peu vostre avis là dessus.

Susanne : Certes, je vois bien à ceste heure que tu es passée maistresse en ce mestier, et que tu n'as plus affaire de personne pour t'apprendre parler pertinemment des choses[20].

Fanchon : Et pourquoy cela, ma cousine ?

---

20. Plusieurs recherches curieuses et spéculatives sur les différentes façons de parler des amants quand ils sont entre eux, et quelques raisons là-dessus, avec une explication fine et spirituelle des mots : enfiler, enconner, besogner, foutre, chevaucher, et semblables.

Fanchon : Comment ? tu dis aussi bien en parlant, un outil, un engin, un membre, un chose, un affaire, un trou, au lieu des mots de vit et con qui sont leurs véritables noms.

Fanchon : Ma cousine, cela ne m'a pas tant cousté à apprendre comme vous diriez bien. Quand nous sommes seuls, Robinet et moy, il veut que je die vit et con, et quand nous ne faisons que discourir sans faire autre chose, il veut que je die ces mots là qui sont plus doux et plus honestes et qui plaisent davantage.

Susanne : Tu dis aussi enfiler, enconner, engaigner, besoigner, faire cela, au lieu de foutre et chevaucher.

Fanchon : C'est une mesme bien séance qu'il veut que je garde devant et après qu'il a fait, voulant garder ces gros mots pour quand il est en humeur.

Susanne : Ho ! ho ! vrayement, le mien n'est pas si cérémonieux, et quand nous sommes seuls il n'a point de paroles si retenues. Mais sçais-tu bien aussi qu'autre chose est dire besoigner, foutre, chevaucher, qu'enconner, enfiler et engaigner ?

Fanchon : Besoigner, c'est mettre le vit au con, se remuer et descharger, et celuy seul dit plus que tous les autres ; foutre est seulement mettre le vit au con et descharger, sans qu'il signifie remuer ; chevaucher, c'est aussi mettre le vit au con et se remuer, sans qu'il signifie descharger ; enfiler, enconner, engaigner, c'est une même chose, et simplement mettre le vit au con, sans qu'il signifie les deux autres[21].

Susanne : Il y a encore d'autres mots qui sont plus doux à prononcer que ces premiers et qui sonnent mieux à l'oreille, afin que tu ne t'étonnes pas en compagnie quand tu entendras dire, comme baiser, jouir, embrasser, posséder et tant d'autres, au lieu de foutre et chevaucher, et ceux là sont bons à dire devant le monde, par honesteté, ou à des amoureux à leurs maistresses, quand ils ne les ont pas encore instruites par practique. Mais je reviens à la première explication que tu as dite, qui est certes aussi fine que j'en ay ouy dire de ma vie, et quand ce seroit moy, je n'en pourrois point inventer une plus jolie.

Fanchon : Passe pour cela, ma cousine, je vous remercie de tant de faveur ; comme vous pouvez voir, je n'y entends point de finesse, mais je m'estonne qu'il y a tant de fard parmy des choses qu'on les nomme de cent façons.

Susanne : C'est pour les faire trouver meilleures, vois-tu. Car, par exemple, le mot besoigner, c'est qu'effectivement les hommes travaillent en nous quand ils nous font cela, et qu'à les veoir remuer et se tourmenter comme ils font, il semble qu'ils prennent un œuvre à tâche et qu'il y ayt beaucoup à gagner pour eux ; enfiler, c'est qu'ils nous enfilent comme perles ; engaigner, c'est que nous avons la guaine et eux le

---

21. Point de prérogative ou petite annotation légère qui s'est glissée icy en passant, au desçeu de l'autheur, et qui n'en mérite pas moins sa place ; comme le mot de besogner emporte le prix sur tous les autres, et de sa merveilleuse et grande signification.

couteau, et ainsi des autres qui sont plus doux et ont aussi leurs significations plus douces et spirituelles. Mais, avec tout cela, penses-tu que quand les hommes sont entr'eux ils usent de tant de cérémonies ? O nenni, vrayement ; les mêmes libertés que nous avons à nous dire les choses comme elles sont, ils s'en servent de mesme dans leurs entretiens privés, tellement que s'ils voyent passer quelqu'une dont ils ont desjà jouy, ils ne disent pas simplement : J'ay baisé une telle, mais bien : J'ay foutu une telle, je l'ay chevauchée ; ma foi, elle y prenoit plaisir ; non (si ce n'est la langue dans la bouche) : Je l'ay possédée, j'ay pris les dernières faveurs ; ou bien : Elle n'estoit point dégoustée, elle remuoit le cul comme il faut, elle avoit le con large ou estroit, et se pasmoit d'aise en le faisant[22]. Quand tu les vois cinq ou six d'une bande sur le pas de leur porte, qui se tournent et retournent de tous costés pour voir passer les filles et qui se rient au nez quand ils en voyent quelqu'une qui leur plaist, c'est comme cela qu'ils parlent entre eux et qu'ils se disent librement ce qu'ils voudroient bien luy faire. Bref, ils s'entretiennent de nous dans les mesmes termes comme nous le ferions d'eux si l'occasion s'en présentoit.

Fanchon : Et comment, ma cousine, ils se disent donc les uns aux autres ce qu'ils nous font ?

Susanne : Pourquoy non ? quand tout le monde le sçait ; car ils ne parlent point de celles dont il n'est point de bruict, comme de toy ou de moy.

---

22. En quels termes les hommes parlent des filles en leur absence.

Fanchon : Ah ! bon donc, mais pourtant je ne me sçaurois resoudre, quand j'y pense, que l'on sçeut de moy ce que Robinet m'a fait faire, ny qu'il l'allast dire, car il me fait agencer en tant de sortes de postures que j'en suis honteuse et ne puis m'empescher de rougir par après quand je le regarde[23].

Susanne : Mais ses caresses pour tout cela ne sont-elles pas bien douces ?

Fanchon : Ouy, je l'avoue.

Susanne : Eh bien donc ! que a-t-il d'avantage à tout cela ? Ce sont des ragousts que les hommes prennent, et il leur faut laisser faire ; s'ils ne nous trouvoient pas belles et s'ils ne nous aymoient pas, ils ne mettroient pas nos corps en tant de sortes de postures, et, pour ainsi dire, à la capilotade.

Fanchon : Il est vray, ma cousine, que je reconnois par là que Robinet m'ayme, car ce qu'il me fait faire est accompagné de tant d'apprest et d'inventions de sa part, que quoy que j'en aye de la honte en le faisant, je n'en ay pourtant point de regret et j'en reçois une satisfaction incroyable. Entr'autres, ces jours passés, il me fit voir une certaine gentillesse d'esprit dont j'auray à jamais mémoire, parce qu'elle est judicieuse et plaisante au possible ; il la fortifia par des instructions d'amour si plaisantes et qui sont si judicieuses à mon gré, que je crois que c'est là le meilleur moyen qu'on puisse trouver à une fille

---

23. Douces libertés d'amour, qui font rougir les filles de honte après avoir fait, et pourquoy les hommes les agencent en tant de postures différentes.

pour la rendre sçavante, tout d'un coup, à donner bien du contentement aux hommes[24].

Susanne : Et n'y a-t-il pas moyen de sçavoir ce que c'est ?

Fanchon : Ma cousine, vous en rirez en l'apprenant, et je me trompe fort si vous ne vous servez de son invention.

Susanne : Et quelle est-elle donc ?

Fanchon : La voicy, sans aller plus loing. Dimanche dernier, il y a trois jours, il vint me veoir sur les trois heures après midy, pendant que ma mère estoit sortie pour aller aux vespres et qu'elle m'avoit laissée seule à la maison. Je ne vous diray pas qu'il me fit cela une fois sur le coffre, à son arrivée, estant pressé, ny toutes les autres caresses qu'il me fit et devant et après, dont je fus contente à l'ordinaire. Je vous diray seulement qu'après avoir folastré quelque temps entre nous de diverses choses, et ri une bonne fois de la simplicité de ma mère qui ne s'appercevoit pas de nos folies, nous revinsmes aux baisers et de là aux embrassements. Et m'ayant montré sa lance, qui estoit droite, il me prit à force de corps et me coucha à la renverse sur le lict, où il me troussa la cotte, et m'ayant fait escarquiller les jambes, il regarda si j'estois bien et me mit encore un oreiller soubs le cul, pour m'agencer mieux. Après, il me dit de ne point remuer, et ayant pris un petit toupet de bourre qu'il avoit apporté exprès, il me le mit sous la fesse

---

24. Méthode curieuse et excellente à une fille pour aprendre à chevaucher juste en un quart d'heure, faisant trois choses, avec la manière asseurée et infaillible de chevaucher sur un coffre quand on est pressé.

droite ; il en prit un de laine, qu'il me mit sous la gauche, et un autre de coton, qu'il me fourra soubs le croupion[25]. Après, il s'ajusta entre mes jambes et approcha son vit en regardant, me le mit aux bords de la fente et me dit que je prisse bien garde à ce qu'il feroit, pour lui obéir en tout ce qu'il m'ordonneroit.

Susanne : Voilà qui est bien préparé.

Fanchon : Encore mieux exécuté.

Susanne : Voyons[26].

Fanchon : Il me dit : Bourre, en poussant, et me fit remuer la fesse droite ; il me dit : Laine, et il me fit remuer la gauche ; il me dit : Coton, et me fit remuer le croupion.

Susanne : Bon.

Fanchon : Et d'effect il n'estoit pas tant mauvais. Nous reiterasmes deux ou trois fois sans changer l'ordre ny la mesure, pour me façonner toujours davantage, ensuite de quoy nous diversifiasmes le mouvement, et j'avois du plaisir à l'entendre dire : Laine, bourre, coton, bourre, coton, laine, coton, bourre, laine, coton, à quoy j'obéissois fort exactement. Et pour un simple mouvement qu'il observoit qui estoit le mouvement droit et du coton, il m'en faisoit exercer trois, à sçavoir[27], un droit et deux obliques ou de costière. Quelquefois nous ne nous pressions pas si fort, pour faire durer le plaisir

---

25. Préparation pour cette méthode curieuse.
26. Exécution.
27. De la circonstance plus importante à savoir de cette méthode.

plus long temps, et quand je manquois à quelque chose, il me reprenoit doucement, m'enseignant comme il falloit faire et disant que je remuois tantost la bourre pour la laine, et tantost le coton pour la bourre et la laine ; au moyen de quoy je lui disois que le coton me plaisoit plus que les deux autres, dont il me tesmoignoit me sçavoir bon gré (et en effect j'avois raison), et s'efforçoit de me baiser.

Susanne : C'est que le coton faisoit entrer la cheville plus que les deux autres et par conséquent donnoit plus de plaisir.

Fanchon : Et par conséquent, ma cousine, vous sçaviez donc bien ce que c'est et je n'avois que faire de vous le dire.

Susanne : Achève, il n'importe, il y aura peut estre quelque chose à sçavoir que je ne sçais pas.

Fanchon : Que vous diray-je davantage ? Quand il cessoit de parler je ne bougeois et il le vouloit ainsi, et quand il disoit : Coton, ou les autres, moy de remuer aussi tost autant de fois qu'il lui plaisoit de l'ordonner. Nous continuasmes ainsi jusqu'à la fin, et parce que ce coup lui sembla plus long que les autres et que je fus preste, par deux fois, de faire auparavant luy, tout autant de fois il me retint et il m'apprit ainsi comment il faut faire pour retarder le plaisir quand il avançoit trop et pour l'avancer quand il retardoit[28]. Et quand il fust prest de descharger, il poussa sa voix plus fort que devant, disant : Bourre, coton, laine, coton, et tousjours plustost coton que les

---

28. Conclusions d'icelle avec quelques instructions là-dessus.

deux autres. Je fus contrainte, à la fin, luy dire qu'il ne criast pas si fort, crainte que l'on ne nous entendist d'en bas, et que je remuerois bien sans cela ; et nous nous disions tant seulement tout bas l'un à l'autre, en l'ardeur du plaisir : Et tost, mon cœur, ma vie, ma pensée, m'amour, mon connaud ; et pousse donc, et coton, et serre !… et puis je ne sais plus ce que tout devint.

Susanne : Que je hais ces brailleurs-là qui font tant de bruict et qui n'ont nulle considération. Car il y en a qu'on ne sçauroit faire taire et qui, quand ils ejaculent, en mesme temps ne peuvent s'empescher de crier, et quand on leur demande pourquoy ils crient, ils disent que c'est le plaisir[29].

Fanchon : Comment, c'est le plaisir ? Est-ce qu'ils prennent plaisir à crier pour s'y esbattre, ou bien si c'est que le plaisir qu'ils ont les contraigne à cela ?

Susanne : Il est encore bon de la façon que tu le dis. Je crois que c'est la force du plaisir qui les y contraint, et comme il y a des gens qui crient de douleur quand on les escorche, il y en a aussi qui crient de plaisir quand on les chatouille amoureusement.

Fanchon : Et comment font-ils pour crier si fort ?

Susanne : Ils sont montés sur les filles comme des saint George, et tenant le vit au con avec un visage effaré, quand ils sentent le foutre couler, ils s'escrient à haute voix : Eh ! la, la,

---

29. Plusieurs recherches sur les divers tempéraments des hommes, et premièrement de ceux qui crient en chevauchant, avec les raisons pourquoy.

la, la ! donne donc, m'amie, m'amour, mon cœur, ta langue ! allonge ! et presse fort, eh ! pousse donc ! eh ! tu ne pousses pas !… Et quelquefois les voisins qui entendent cela, ou les personnes, du logis, qui n'y sont pas accoustumez, viennent au secours avec du vin et du vin aygre, croyant qu'ils se meurent de douleur, et les trouvent après la besoigne, qui se meurent de plaisir. Or, regarde la belle veuë que c'est de les trouver ainsi[30].

Fanchon : Et il n'y auroit pas moins de plaisir à la fille pour cela, s'ils ne menoient pas tant de bruict (à voir toutes les simagrées qu'ils font). Et cela estant qu'ils ne s'en peuvent empescher, comme vous dites, je ne voudrois non plus avoir affaire à ces gens là qu'à des cloches, et je tascherois mesme d'éviter leur rencontre comme la peste, tant j'aurois peur qu'ils ne criassent, seulement à me voir, comme s'ils estoient après. Car enfin, il ne tiendroit donc ainsi qu'à scandaliser les pauvres filles, veu qu'ils ne sçauroient faire rien que tout le monde ne sçache, et qu'ils n'ont point de honte de tant faire le fou. Certes, il est bien permis de se divertir autant que l'on peut et de prendre du plaisir sans scandale, mais non pas de crier ainsi comme des perdus, à gorge déployée.

Susanne : Les filles aussi, pour ne pas mentir, y sont sub-jettes quelquefois aussi bien que les hommes, et tandis qu'elles font bien leur devoir de remuer du croupion et de pressurer la grappe soigneusement pour faire que le jus en sorte, elles

---

30. Comment ils font pour crier si haut, et les inconvénients qui en peuvent arriver, avec les moyens de s'en garantir.

cornent continuellement à l'oreille de celuy qui est dessus, emportées du plaisir qu'elles ont : Eh ! hau ! hau ! mon fils, mon mignon, pousse le donc et mets-y tout ! et disent quasi toutes les mesmes choses que les hommes. Mais pour ceux cy, ils ne sont pas si à craindre comme les autres sortes d'insensibles et ladres d'amour, que l'on fesse pour mettre en humeur[31], et c'est bien là une autre extrémité de malheur que d'avoir affaire à ces gens là ; car, pour les premiers, on les peut corriger un peu, à force de remonstrances, ou s'ils sont incorrigibles, on les peut mener à la cave, au grenier, dans les bois, à la campagne et dans des lieux esloignés où ils auront beau faire du bruit avant que l'on les entende, mais pour ceux cy, ils ne se peuvent amender en façon quelconque et n'y a point de remède pour les guérir.

Fanchon : Quel malheur ! et qui sont donc ces ladres là ?

Susanne : Ce sont des gens qu'il faut fesser pour mettre en humeur. Ils se despouillent tout nuds en pleine place, et les filles prennent des verges et leur en donnent sur le ventre et partout et tant qu'elles voient que leur affaire vient à dresser, et quand l'ont fait dresser et venir en bon point, elles jettent là les verges, comme si de rien n'estoit, pour se la fourrer après ainsi dans le bas du ventre, et s'en donnent du plaisir par après.

Fanchon : Mais ne deschargent-ils pas aussi, eux ?

---

31. De ceux que l'on fesse pour faire bander.

Susanne : Vrayement ouy et plus que les autres ; on ne les sçauroit tenir par après.

Fanchon : N'importe, oh ! la peute chose quand une fille est assez malheureuse pour estre obligée de fouetter son amy pour le faire bander !

Susanne : Ceux là[32] que tu voulois dire qui ne deschargent point, sont les chastrez, à qui on a coupé les deux boullettes, et ne sont bons à rien qu'à bander quelquefois, mais en ce pays ci les dames n'en veulent point du tout et on n'entend pas dire qu'elles leur ayent jamais fait caresse ; si ce n'est qu'au temps passé les dames grecques et romaines s'en servoient, faute de mieux, pour se faire chatouiller par le frottement du membre qui estoit roide, et à cause aussi que cela avoit quelque ressemblance à la vérité. Et encore de présent, en Turquie, elles ne laissent pas de s'en servir aussi quand elles en trouvent, d'où vient qu'on s'est avisé depuis peu, pour empescher cela, de les faire pour eunuques, de leur couper les trois pièces *rasibus*.

Fanchon : Fi, fi, de ces gens là, ma cousine, n'en parlons point. Disons plustost de ceux là qui sont bien fournis d'instruments à fouterie et qui sont propres à donner un plaisir par tout.

Susanne : Il y en a d'autres qui ne disent mot et qui ne font que soupirer d'ayse, mais, il y a une troisième espèce d'amoureux qui sont bien à désirer, qui ayment s'entretenir bas, et

---

32. Des chastrez.

ceux là plaisent bien davantage à la fille et se dorlotent aussi bien mieux dans le plaisir[33].

Fanchon : Eh là donc ! voilà comme je les demande. Mais aussi les filles n'ont-elles rien à tesmoigner de leur costé pendant que les garçons leur font tant de caresses ?

Susanne : Donne-toy patience ; c'est là où je voulois venir, mais il estoit bon auparavant de te remettre sur ce que nous avions dit. Nous avons donc dit jusques à cette heure comment on mettoit le vit au con et comment on ressentoit le plaisir en la descharge, et les autres satisfactions qui se tirent du baiser, du toucher, du parler et du regarder[34], mais nous n'avons pas encore fait d'application particulière aux lieux où il s'en falloit servir, quand et comment il le falloit faire, et c'est ce qu'il faut que tu apprennes ce jourdhuy, comme estant la chose la plus nécessaire et comme estant la seule en quoy principalement est compris l'art d'aymer, souverainement aux hommes.

Fanchon : Ma cousine, cecy doibt estre beau, sans doute, et c'est aussi ce que j'avois à vous demander.

Susanne : Or sus, posons le cas que tu sois aux prises avec ton amy et que tu ne sçaches comment te porter à l'escarmouche : il faut que[35] tu uses envers luy de petites affeteries de la voix,

---

33. Étrange humeur de ceux qui ne disent rien en chevauchant, et au contraire de ceux qui s'entretiennent doucement.
34. Petite récapitulation du plaisir d'amour.
35. Instruction méthodique et plus spirituelle que les autres pour s'entretenir doucement en chevauchant, le plaisir qui en provient, et les autres privilèges d'icelle.

qui sont les vraies délices en amour. Par exemple, tandis qu'il remuera sur toy, dis-lui quelques paroles de douceur et sans contrainte et qui partent de l'essence du plaisir et de l'amour que tu auras ; appelle-le ton cœur, ton âme et ta vie ; dis-luy que tu es bien ayse et applique tout ton esprit à la pensée de vostre besoigne. Il y a des certains hélas ! ou ah ! qui sont faits si à propos et qui percent l'âme de douceur à ceux qui nous les causent ; car nous faisons cecy, penses-tu, non pas comme les bestes, par brutalité et par nécessité, mais par amour et par connoissance de cause. Et fais quelque petit grattement de mains ou petit remuement de croupion qui le comble de joye infinie ; si tu as quelque chose à luy demander, il le faut faire en ce temps-là où il ne te refusera pas, car il n'y a rien qui ouvre tant le cœur et la condescendance et confidence et à se déclarer mutuellement ses pensées, comme les actions se-crettes de la fouterie, et il s'est trouvé telle fille, qu'on n'auroit pas regardée auparavant, à qui un simple remuement de fesses a valu l'honneur d'espouser un grand seigneur. Toutes ces mignardises donc, ainsi practiquées, rempliront ton amy d'une douce rage, et comme il fera son possible pour te contenter, il t'appellera son âme, sa déesse, son connaud, son ange, ses yeux. Il inventera des caresses pour te faire et souhaitera d'estre tout vit pour se couler tout en toy, et quand son plaisir sera venu au point qu'il le désire, il ne manquera point de t'en donner connoissance par ses soupirs et quelques paroles qu'il ne tranchera qu'à demy, en disant : Je vais faire !... Alors, prends garde soigneusement comme je te diray.

Fanchon : Ainsi feray-je, ma cousine, mais en quelle posture vous mettrez-vous ?

Susanne : A l'ordinaire ; tu serreras vistement les deux fesses vers luy, et lui mettant un bras au col, tu le baiseras et tascheras à lui lancer la langue dans la bouche, comme un dard, et qu'elle vienne à frayer le dessous de la sienne ; tandis que tu coigneras du cul brusquement devers luy, et retirant ta langue et la repoussant vivement entre ses dents, en cent façons de mignardises, tantost mince et tantost espaisse, tu t'enlaceras autour de luy et de bras et de jambes ; et appuiant ta main sur ses fesses, tu avanceras les doigts jusques à ses ballottes, et trémoussant tousjours du croupion, tu tascheras à le faire entrer le plus avant que tu pourras. Le reste de la besoigne, tu le feras aussi bien que moy, et je t'advise seulement qu'en usant envers luy de ces préparatifs pour le plaisir, il ne sçaura quelles caresses te faire par après, et quand il te donneroit tout son bien, il te donneroit encore son âme avec, et s'estimeroit, plus que tout cela, estre encore ton redevable.

Fanchon : Ma cousine, je vous remercie de tant de bontés, et je m'en serviray quand je seray en pouvoir de le faire. Mais, pour le présent, il faut un peu laisser couler le mauvais temps qui ne nous donne pas tant de loisir possible pour jouir de nos amours et auquel je luy puisse donner toutes les marques de mon affection.

Susanne : O bien ! arrive quand il pourra, mais sçache que c'est la faute ordinaire des jeunes gens qui ne songent rien qu'au temps présent et ne pensent pas à faire durer leurs plaisirs long temps en se pourvoyant pour cela de moyens utiles et nécessaires[36]. Mais quoy enfin, ne vois-tu pas Robinet quand tu veux ?

Fanchon : Nenny, ma cousine, et depuis quinze jours en ça que ma mère a fait porter mon lict en sa chambre, pour raccommoder la mienne, je ne l'ay veu quasi qu'en sa présence.

Susanne : Et comment as-tu donc fait pour avoir sa compagnie ? T'en es-tu bien peu passer jusques icy ?

Fanchon : Nenny dà, mais je ne l'ay eue que fort rarement, et que si vous saviez les incommodités que nous avons eues pendant ce temps là, et que nous allons encore avoir pendant sept à huit jours pendant que ma chambre doibt estre raccommodée, vous en seriez tout estonnée[37].

Susanne : Je seray bien aise de les entendre, et selon que tu me diras je seray encore capable peut estre de te donner du conseil pour l'avenir.

Fanchon : Il y eut hier quinze jours justement que ma mère me fit aller coucher dedans sa chambre, et depuis n'en ay pas désemparé. Je le dis dès le lendemain à Robinet et luy fis veoir les incommodités que nous aurions à nous trouver seuls ; à quoy il me demanda s'il n'y avoit point de moyen à me venir

---

36. Faute de jeunes gens qui manquent de prévoiance en amour et ne chevauchent pas quand ils veulent.
37. Misères, infortunes et perplexités des amants qui manquent de commodités pour chevaucher, et les consolations qu'ils reçoivent.

veoir la nuict, en faisant faire une fausse clef à la porte du petit jardin, mais je luy dis que non, d'autant que ma mère sort encore moins de la chambre la nuict que le jour et qu'elle m'entendroit si je voulois sortir. Il me dit que je ferois semblant d'aller à la garde-robe, et que là, sur le siége, nous ferions nostre affaire, mais je luy dis que cela ne se pouvoit point, d'autant que pour aller à la garde-robe il ne faut pas sortir de nostre chambre, à cause qu'il y en a une au bout de la galerie, où ma mère veut que j'aille de nuict, de peur de faire du bruict en ouvrant les portes. Ces raisons le rendirent estonné, tellement qu'il dit qu'il nous falloit prendre patience et l'occasion aux cheveux quand elle se présenteroit, et cependant nous visiter tous les jours.

Susanne : C'est à dire que vous avez esté autant avancés qu'auparavant. Hé bien ! qu'arriva-t-il ?

Fanchon : Sur ceste résolution, il me vint veoir le lendemain, mais nous espiasmes en vain l'occasion, sans la pouvoir rencontrer. Le jour après nous fusmes plus heureux, car estant arrivé que la servante estoit sortie, je luy allay ouvrir la porte par le commandement de ma mère, et me trouvant aussi ardente à cela que jamais, de peur de perdre le temps et que quand nous serions en haut nous n'aurions pas trouvé la commodité, il me poussa contre le mur, et m'eslargissant les cuisses, me troussa la cotte qu'il me fit tenir avec les deux mains, et ayant aproché son vit roide, en se baissant, il me le mit dedans le con le mieux qu'il put et s'efforça de pousser en la plus grande haste du monde. Je le trouvay bon comme cela, parce qu'il y avoit long temps que je ne l'avois fait, mais il eut plustost fait que moy, et comme il voulut se retirer, je le retins et le priay d'attendre que j'eusse fait aussi. Il en eut la patience, et quand nous eusmes achevé, incontinent nous montasmes en haut, sans que ma mère se doubtast de rien, sinon que, pour la forme, je luy dis qu'il m'avoit demandé si une certaine personne n'estoit point au logis, parce qu'il ne la vouloit point veoir. D'autres fois, nous fismes plus commodément, selon que l'occasion s'en présentoit, et quelquefois que ma mère estoit dehors, nous avions beau nous divertir, mais quand elle estoit au logis ou qu'il y avoit compagnie, c'estoit tout ce qu'il pouvoit faire de m'enconner une petite fois, pendant qu'elle alloit reconduire quelqu'un, tantost sur une chaise, tantost sur un coffre, et en cest estat nous nous pressions fort, et imaginez-vous si je me faisois bien prier d'ouvrir les cuisses et de me mettre en la posture qu'il vouloit pour avoir plustost fait. Mais il n'importe, quoy que nous fussions en crainte, nous ne laissions pas d'avoir bien du plaisir ; encore estions-nous bien heureux quand cela arrivoit, car quelquefois que nous estions en train de remuer les fesses, nous entendions du bruict qui nous faisoit déconner, et pensez quelle rage cela nous donnoit. Quelquefois aussi c'estoit une fausse alarme ; nous nous remettions et quelquefois nous achevions, quelquefois nous n'achevions pas, parceque quelque autre nous interrompoit. D'autres fois, la présence de ceux qui nous regardoient estoit si importune qu'il estoit assez heureux quand il me pouvoit toucher la cuisse en un jour ou, tout au plus, me mettre l'engin dans la main ; c'estoit encore beaucoup quand nous le pouvions faire toucher au mien et les faire baiser ensemble. Quelquefois que nous estions assis sans nous toucher et que personne ne nous regardoit, il mettoit son manteau audevant et me le faisoit veoir en bon point, se complaignant avec les yeux, de quoy j'avois si grand pitié que je ne me pouvois saouler de le regarder. Cela m'obligeoit quelquefois à m'approcher de luy, et tenant ma chemise levée par dessoubs ma jupe, il couloit la main par la fente de derrière et me touchoit la chair depuis les fesses jusques aux hanches et tout autour du ventre, et se consoloit de cela. Or j'avois plus souvent (prévoyant son dessein) ma robe de dessus à demi troussée, comme ont la plupart des filles quand elles sont à la maison, et cela faisoit qu'il lui estoit plus facile de me passer ainsi la main, parceque ma robe, qui couvroit tout, faisoit penser, quand on le voioit, que c'estoit par dessus la jupe qu'il m'embrassoit, tellement qu'il luy estoit quelquefois aysé de la faire arriver jusqu'au con dans les attouchements. Il me chatouilloit avec le doigt ; j'avois beau luy faire signe et luy dire à l'oreille qu'il s'arrestast, il n'en faisoit rien, et pour peu que ma mère eust le dos tourné ou qu'elle fist un pas à la fenestre, il me faisoit descharger. Cependant, quand je pouvois, je luy prenois l'engin sous le manteau, et regardant toujours ma mère, pour peu qu'elle eust destourné, je luy branlois à luy pendant qu'il me branloit à moy et qu'il me faisoit aussi descharger. Enfin, sans y penser, et à force d'imagination, nous trouvasmes une invention pour chevaucher devant le monde sans qu'on s'en aperçoive[38].

Susanne : Et comment faites-vous cela ?

Fanchon : Une fois que j'empesois, debout sur la platine, et que ma mère estoit descendue en bas, il s'approcha aussi tost de moy, et troussant ma chemise par la fente de ma jupe, tout en discourant de diverses choses et de la cruauté de nostre destinée, il me mit le manche roide entre les fesses, s'efforçant de le faire aller jusques au con. Je sentis qu'il remuoit là auprès et demeuray attentive à ce qu'il faisoit, sans songer à ce que j'avois sur la platine, qui estoit un cotillon de fustaine blanche que je repassois parce qu'il n'estoit pas assez sec. Voyant qu'il n'y pouvoit arriver, il me mit la main sur le cul et me dit que je me baissasse, et qu'il prendroit bien garde s'il venoit quelqu'un, mais en me baissant la fente de ma jupe n'estoit pas assez longue et luy fit sortir l'engin par la raie du cul, si bien qu'il me fit redresser, maudissant son aventure, et se contenta de me descharger promptement entre les fesses.

Susanne : Quel dommage !

Fanchon : Son ardeur estant appaisée, il remit son engin dans sa brayette, et je m'apperçus aussi tost que le feu avoit pris au cotillon qui estoit sur la platine. Je fis un cry en l'ostant

---

38. Suite des incommodités que l'on a à chevaucher quand on est espié, avec un joly expédient aux filles de chevaucher devant le monde sans qu'on s'en apperçoive, et du cotillon percé par où on passe le vit du garçon dans le con de la fille.

promptement de dessus, et ma mère arriva sur ces entrefaites, qui me querella bien fort de ma négligence et me dit qu'elle ne m'en donneroit point d'autre. Mais Robinet mit le holà le mieux qu'il put, disant que c'estoit une flammèche qui estoit sautée dessus pendant que j'avois regardé à la fenêtre, et que ç'avoit esté la faute de luy, qui n'y avoit pas pris assez garde. Et voilà comme l'affaire se passa.

Susanne : Mais où est donc cette invention que tu dis ?

Fanchon : Entendez-moy, la voicy. Deux jours après, Robinet vint le soir au logis et trouva qu'on dançoit. C'estoit une petite compagnie ou réjouissance qui se faisoit pour le jour de la feste de ma mère. Il avoit trinqué ce soir là plus qu'à l'ordinaire, et faisant semblant qu'il vouloit dormir pendant que tout le monde dançoit, il se mit dans une chaise ou fauteuil bas, et trouvant à point nommé que j'estois si lassée que je n'en pouvois plus, il me tira par derrière et me fit asseoir sur luy pour l'entretenir. Je faisois semblant, en l'escoutant, de regarder les autres[39], et cependant il me coula la main par la fente du cotillon et fit tant qu'il vint à me toucher le con. Je sentis aussitost son affaire roide qui poussoit dessous moy et cela me mit en humeur de ne luy rien refuser. Il eust bien voulu la passer par la fente du cotillon et me le dit bas à l'oreille, mais il ne pouvoit détrousser le cotillon et n'y avoit pas d'apparence devant tant de gens. Enfin, en mesurant avec la main combien

---

39. Grande circonspection qu'il faut avoir dans le monde en chevauchant et les maux qui arrivent faute d'icelle.

il s'en falloit que ceste fente du cotillon n'estoit pas assez longue pour parvenir au con, il trouva justement à l'endroit qu'il falloit le trou que le feu avoit fait au cotillon, quand ma mère me querella si fort ; il me le dit incontinent tout bas, et sans perdre de temps, rangeant ma chemise, poussa son affaire dans le trou et coula tout entre mes cuisses. Je m'accommoday dessus le mieux que je pus et fis tant qu'il en entra bien la moitié. Nous fusmes longtemps de la sorte sans rien opérer, car il n'osoit branler fort ; néanmoins, s'aydant le mieux qu'il pouvoit, et tousjours appuyant doucement du croupion, la compagnie ne s'aperçeut point qu'il me avoit rien fait. Pour moy, je me tins ferme sur le pivot et fis bonne mine jusques à la fin que j'eus assez de peine à dissimuler le plaisir que je sentois. Il me le fit encore un coup, une heure après, dans la même posture, et du depuis elle nous a bien servy et j'ai béni cent fois le cotillon percé pour m'avoir causé tant de plaisir.

Suzanne : Cela estoit pourtant bien dangereux de la sorte, car comment faisois-tu, quand le foutre couloit dans ton con, pour empescher qu'on ne reconnust que ton plaisir venoit.

Fanchon : Ma cousine, je me contraignois furieusement et grinçois des dents en regardant contre terre.

Susanne : Vrayement, c'estoit là un beau moyen ! Il ne falloit que mettre les mains, comme cela, sur le visage et faire semblant d'avoir mal à la teste.

Fanchon : C'est bien dit, ma cousine, mais, que voulez-vous, on n'a point tout savoir. Je n'ay reçeu jusques à ce jour d'instruction que de votre part, car pour Robinet, hélas ! nous n'avons pas eu loisir de cela ; c'est pourquoy vous sçavez bien tout ce que vous me pouvez avoir appris.

Susanne : Eh bien ! demande ce que tu voudras[40]. Qu'est-ce qui t'empesche ? Tu sais bien aussi si je t'ay jamais rien refusé ; car comment veux-tu que je te devine si tu ne proposes rien.

Fanchon : Ma cousine, de tout ce que nous avons dit des plaisirs, j'ai recueilly que ceste partie de l'homme qu'on appelle le vit est celle qui donne le plus de satisfaction à la femme ; je voudrois bien maintenant que me disiez quelles sortes de vits sont les meilleurs et les plus divertissants[41].

Susanne : Je suis bien ayse que tu me proposes ainsi la chose par ordre, et nous en viendrons à bout facilement. Tu doibs sçavoir premièrement qu'il y a des vits de toutes les façons, mais tous généralement se réduisent à trois, qui sont petits, grands et moyens.

Fanchon : O bon ! les petits comment sont-ils ?

Susanne : Ils sont de quatre à six poulces de longueur et gros à l'advenant, mais ils ne sont pas de mise quand ils sont si petit, car outre qu'ils ne remplissent guère le con, n'estant pas assez gros, c'est que si la dame a le ventre un peu gros ou

---

40. Diverses questions d'amour traitées à fond jusques à la fin du premier dialogue, et le lecteur sera adverty qu'elles sont plus spirituelles que les précédentes et partant plus dignes de son attention ; cela soit dit en passant.
41. Distinction des vits en trois différentes manières et leurs différentes qualités, et premièrement des petits vits.

la mothe un peu trop grossette, ce qui est une imperfection en elle, ou le trou placé un peu trop bas, ce qui est un défaut pareillement, ils ne sçauroient entrer que deux ou trois doigts en profondeur dans le col de la nature de la femme.

Fanchon : Et les grands ?

Susanne : Les grands[42] escartent et entr'ouvrent trop la dame, par leur grosseur, et luy font mal, quand mesme elle ne seroit pas pucelle, et pour la longueur ils atteignent trop avant dans la matrice, d'où vient qu'il y a des hommes qui sont contraints de mettre des bourrelets contre le ventre, ou bien la dame y met la main en les recevant, pour les marquer selon la longueur qu'elle en veut et empescher que le reste ne passe, et ceux là sont de dix à douze poulces.

Fanchon : Et les moyens[43] ?

Susanne : Les moyens sont de six à neuf poulces et remplissent justement le conduit de la dame et la chatouillent doucement. Néanmoins, il y a des femmes qui sont plus ouvertes ou ont de plus grands cons les unes que les autres, et à celles là il leur faut un puissant engin, bien dur, long, gros et bandé, et qui soit bien proportionné à leur fente naturelle. Mais après tout, ma cousine, soit grands, soit petits, c'est la vérité qu'il n'y a rien de si savoureux et de si bon que le vit d'amy[44], et quand un homme que l'on ayme bien n'en auroit pas plus gros que le

---

42. Des grands vits et de ceux qui mettent des bourelets contre leur ventre.
43. Des moyens vits et de leur bonté.
44. Du vit d'amy, le meilleur de tous.

petit doigt on ne le trouveroit meilleur que le plus grand d'un autre qu'on n'aimeroit pas tant. Cependant, pour l'avoir bien fait comme il faut, il doibt estre gros et renforcé sur la culasse, et venir en diminuant vers la teste[45].

Fanchon : Une autre difficulté me survient[46].

Susanne : Et quelle ?

Fanchon : D'où vient que les hommes, quand ils nous foutent, nous disent quelquefois des injures et des villaines paroles, au lieu de nous en dire de plus honestes, car je ne sçaurois concevoir que l'amour leur fasse dire cela ; c'est enfin toute douceur que l'amour, et qui ne peut rien faire dire qui ne soit de luy.

Susanne : Il est vray, m'amie, et c'est en cela que tu ne le conçois pas. Tout ce qu'ils nous disent d'injurieux et de sale, c'est par amour, et je m'en vais te monstrer comment. Tu doibs sçavoir que la principale cause de l'amour c'est le plaisir du corps, et sans cela il n'y auroit point d'amour[47].

Fanchon : Ha ! je nie cela, ma cousine. Je sais bien tout ce que vous me direz, qu'il y a des amours brutales ; il est vray, mais il y en a qui ne le sont point aussi, et la différence de les connoistre, c'est que les dernières durent longtemps là où que

---

45. Autre description du vit ; comment il doibt estre fait.
46. Questions excellentes pourquoy on use de paroles libres en chevauchant ; la dite question est résolue ailleurs.
47. Le but d'amour est le plaisir du corps, et pourquoy, avec une jolie explication là-dessus.

les autres ce n'est que feu de pailles ; elles sont passagères avec le plaisir.

Susanne : Elles sont toutes brutales, m'amie, si tu le prends là, et je te le prouveray sur le champ, mais donne-moy le temps pour parler.

Fanchon : Tant que vous voudrez, ma cousine, je ne vous interrompray point.

Susanne : Le plaisir passe, mon enfant, il est vray, mais le désir en revient, et c'est ce qui nourrit l'amour. Ha ! parlons tout de bon et sans feintise, aymerois-tu bien Robinet s'il estoit chastré, et l'aurois-tu voulu prendre, pour beau et bien fait qu'il puisse estre, si l'on t'avoit dit qu'il fust impuissant ? responds.

Fanchon : Non, asseurément.

Susanne : Ergo, ce qui est vray à ton esgard ne le doibt-il pas estre aussi véritable quant au sien ? tellement que si, tu n'avois point eu d'engin où loger le sien, si tu n'avois point eu de beauté pour le faire bander ou qu'il t'eust trouvée difforme à son gré, serois-tu si simple que de t'imaginer qu'il t'eust aymée ? et pour qui au reste ? pour tes beaux yeux ? si tu n'en avois point ? Non, non, cousine, il faut que tu te detrompes : les hommes n'ayment que pour leur plaisir, et quoy qu'ils nous tesmoignent le contraire quand ils nous recherchent, ils ont tousjours leurs désirs fichez entre nos cuisses, de mesme que nous à les baiser et accoller, par honte de demander le reste. As-tu jamais veu les bestes parmy les champs, combien amoureusement le masle grimpe sur la femelle, le taureau sur la genisse, le cheval sur la cavale[48] ? c'est ainsi qu'il en prend des amours des hommes, et quelques simagrées que fasse un amant devant nous, quelques larmes qu'il répande, et quelques protestations d'honneur, d'amitié et de respect qu'il nous fasse, si le cas y eschet et que nous en soyons touchées, tout cela ne va qu'à nous renverser sur le lict, gaigner le dessus et nous trousser insolemment la cotte, nous saisir d'abord au poil qui nous croist au bas du ventre sur la mothe, se couler par force entre nos cuisses, et en nous empoignant à belles mains par les fesses, nous tirer à eux, malgré que nous le voulions bien. Et pour tout service qu'ils nous rendent, il nous mettent à la main un baston de chair, gros, long et estendu, dont toute l'ardeur et l'affection ne va qu'à engaigner au bas du ventre, dans un trou fait exprès pour cela, tandis que nature prompte en nous estre obéissante, malgré nos refus est tousjours preste à le recevoir. Voylà où se terminent tant de souspirs, tant de plaintes et tant de désirs[49], qui est de s'entrefretiller les uns les autres, et quand ils ont fretillé qu'ils n'en peuvent plus, on voit que ce grand amour se passe et s'esteint, et ne reprend sa force et vigueur qu'à mesure que l'envie leur revient de recommencer[50]. Il arrive de là que ceux qui ayment le plus, comme ces amoureux transis, sont ceux qui chevauchent le moins, et ceux qui trouvent ou chevauchent quand ils veulent

---

48. Comparaison familière des hommes et des bêtes sur ce sujet.
49. Fin naturelle de l'amour, où les naturalistes se pourront instruire de la vérité, si bon leur semble, et quel est l'objet d'un amant qui soupire.
50. Preuve que l'amour se passe en chevauchant et revient faute de chevaucher, la dite preuve renouvelée encore plus bas.

n'épousent guère d'affections particulières pour les filles, ou s'ils ont attachement pour quelqu'une, leur amour n'a de la violence qu'à proportion de la difficulté qu'ils rencontrent à la chevaucher. Cela est estrange que les filles, pour la pluspart, qui ayment si constamment et qui font de l'amour un fondement à la vertu, en se chimérisant mille délicieuses pensées, ne sçavent pas pourquoy elles ayment, et cest amour qu'elles ont reçu, par une subversion de raison qu'on leur imprime de jeunesse[51], les séduit si finement qu'elles jureroient bien que ce n'est pas pour chevaucher, et que leurs désirs ont une plus noble fin et plus honeste. Mais cependant, quand ce vient au fait, elles esprouvent le contraire, et quand elles ont esprouvé ce que c'est, au plus loin de leur pensée, et connu la corne avec quoy les hommes choquent, il est force qu'elles prennent des sentiments plus modérez, et reconnoissent alors que cest accouplement charnel et grossier est le feu qui les anime et qu'il est la source et la fin de toutes ces belles pensées et imaginations d'amour spirituelles et eslevées, qu'elles croyoient provenir d'ailleurs que de la matrice.

Fanchon : Certes, je ne m'estonne plus, ma cousine, que vous soyez si habile dans les plaisirs d'amour, puisque vous en sçavez si bien les raisons, et je m'estonne comment et où vous les pouvez avoir aprises.

---

51. Plaisir du corps, et de l'origine des plus belles pensées de l'amour, et de l'erreur que les filles se forment là-dessus.

Susanne : C'est mon amy qui a prins plaisir à m'instruire, pour son grand plaisir, et s'il m'a bien dit de plus que devant qu'il eust couché arec moy, lors qu'il sentoit que mon amour le pressoit trop, il s'en alloit, contre son gré, veoir quelque fille pour se divertir, et estant là s'efforçoit si fort dessus elle qu'il en estoit allégé ; trouvant par une fin contraire à ses désirs celle de son amour[52], car, comme j'ay dit, l'amour a cela de fin et de merveilleux qu'il ne fait pas penser à chevaucher, et cependant c'est sa seule fin, où de soy il aspire, et qui seule peut guerir son ardeur. Voilà donc qui est résolu sur ce point.

Fanchon : Fort bien, il ne se peut pas davantage.

Susanne : Or, la raison que tu m'as demandée pourquoy les hommes, en faisant cela, disoient des gros mots et villaines paroles, c'est qu'ils prennent plaisir à nous nommer par les choses qui participent à leur plaisir davantage et qu'ils ayment le plus, et comme en l'action de la fouterie ils ont toutes leurs pensées attachées au bas de nostre ventre, de là vient qu'ils ne peuvent s'exprimer qu'en disant[53] : Hé ! ma connaude, hé ! ma couillaude, avec telles autres appellations qu'ils nous donnent selon la pensée qui les anime ; et la langue, qui pourroit dire autrement, en est souvent empeschée par la trop grande attention de l'esprit, qui la fait fourcher et luy fait prendre un mot pour l'autre. En quoy se voit alors la vive peinture à l'esprit de

---

52. Remède d'amour pour ceux qui ne peuvent chevaucher celles qu'ils aiment, et de ceux qui chevauchent leur idée.
53. Subtile raison, interrompue cy devant et reprise en cet endroit, des vilains mots et autres paroles libres d'amour qui se disent en chevauchant.

l'objet aymé, et l'âme se réjouissant dans ceste connoissance, redouble les estreintes et les embrassements et fait entendre ces mots en baisant, dans le murmure et la douce union de deux langues qui se chatouillent, de : Ma bonne ! c'est qu'ils admirent la bonté ; que nous avons à leur départir nos faveurs ; s'ils disent : Ma colombe ! c'est qu'ils pensent à quelque ressemblance que nos caresses ont à celles des colombes ; s'ils disent : M'amour ! mon cœur ! c'est qu'ils ayment leur dame de passion et qu'ils luy voudroient couler le membre jusqu'au cœur. Tous des mots dont ils se servent sont autant de mots hiérogliphiques dont chacun d'eux porte une sentence entière, car s'ils disent : Ma connaude ! c'est qu'elle est bien pourvue de ceste partie en laquelle toute idée d'amour se convertit, ou qu'ils reçoivent un grand plaisir de cet endroit-là ; s'ils l'appellent : Ma couillaude ! c'est qu'ils la trouvent forte et vigoureuse et qui trousse un coüillon en masle, ou qu'ils croyent luy en avoir appliqué deux quand ils la joignent par en bas, et ainsi du reste. De plus, il y a deux raisons bien douces et gentilles pourquoy les hommes, quand ils sont aux prises avec nous, appellent toute chose par leur nom.

Fanchon : Sçavoir.

Susanne : La première, que nous possédant en toute liberté, ils s'égayent à nous dire les mots qui nous font le plus de honte, pour rendre leur victoire plus célèbre ; la seconde, c'est que leur imagination estant toute confite en délices et dans la contemplation de leur jouissance, ils n'ont pas la parole libre, et suivant la promptitude de leurs désirs, ils s'expliquent par monosyllabes ; d'où vient que ce qu'ils appelleroient en un temps : Paradis d'amour, le centre des délices ou des désirs amoureux, le trou mignon, ils l'appellent simplement un con, et ce mot de con, outre qu'il est bref et qu'il nous donne à leurs yeux de la confusion et de la honte (ce qu'ils sont bien ayses de veoir), c'est qu'il renferme en soy la représentation des plus douces conceptions d'amour[54]. Il en est ainsi de l'engin de l'homme, qu'ils appellent simplement un vit, car autrement il faudroit dire : ce qui n'a point de nom, un membre viril, le membre génital, et autres telles explications sottes et longues, que la fureur d'amour ne donne point le temps de prononcer. Tellement qu'au lieu de proférer avec trop de langueur : Allons, ma chère amie, prenez-moy le membre génital ou nerf qui me pend au bas du ventre et l'adressez au centre des délices de l'amour ! c'est plustost dit, dans l'ardeur de la passion : Sus, m'amour, mets-moy le vit au con ! ou bien : Fais que je te foute, que je te chevauche ! L'amour excuse tout, et il n'y a point de paroles sales à dire entre deux amants qui se baisent estant à chevaucher l'un sur l'autre ; au contraire, toutes celles là, ce sont des douceurs.

Fanchon : Du moins, quand il ne seroit pas vray, ma cousine, vous le persuaderiez bien, à vous ouyr, et vous en feriez bien venir l'eau à la bouche, tant vous en sçavez discourir habilement et avec mignardise. Mais quoy enfin, après tout

---

54. Autres raisons bien douces pourquoy les amants appellent toutes choses par leurs noms, et comme toute chose est permis de dire entre deux amants qui se baisent.

ce que vous m'avez dit, voudrez vous inférer que Robinet ne m'aymeroit que pour le corps ?

Susanne : Je ne dis pas cela absolument[55] : il y a de la modération partout ; l'esprit sait bien aussi aymer quelquefois autant que le corps, de mesme que le corps l'esprit, et je t'apprendray ce que mon amy m'a confessé là dessus. Comme il croit que j'ay de l'esprit, et du plus fin, il m'a dit que quelquefois, quand il m'avoit entendu discourir sur des matières relevées et honestes, lorsqu'il me pouvoit tirer à l'escart, il estoit si animé à me chevaucher sur le champ, qu'il ne pouvoit plus commander à son vit roide, et ce pour la beauté de mon âme ; qu'il luy sembloit qu'il me chevauchoit l'esprit en me chatouillant le corps, tant il prenoit plaisir à chercher ceste âme par le dedans.

Fanchon : Je suis contente de cela, ma cousine, et me voylà suffisamment instruite ès amours et coustumes des hommes ; mais à l'esgard des filles, sur qui l'amour n'a pas moins de pouvoir, d'où vient qu'il y en a qui sont si scrupuleuses de les baiser, quand mesme on n'en sçauroit rien, et que le bon Dieu, comme vous dites, n'y seroit point offencé[56] ?

Susanne : Ho ! ho ! c'est qu'elles ont peur d'engrosser.

---

55. Comme on peut aimer l'esprit pour le corps et le corps pour l'esprit, et la conclusion des recherches sur les hommes.
56. Curiosités inouïes sur le sujet des filles et premièrement la crainte frivole qu'elles ont pour la grossesse, avec l'entière solution de ce doubte, qui ne laisse aucune difficulté à vuider.

Fanchon : Et comment, ma cousine, c'est donc cela qui engrosse ? et si j'avois à le devenir par tant de foutre que Robinet m'a mis dedans le con ?

Susanne : Va, va, n'aye pas peur ; j'aurois trop de pitié de toy, si cela t'arrivoit, et j'ay des remèdes en ce cas qui ne te manqueront pas au besoin.

Fanchon : Il faut donc que vous m'en donniez, s'il vous plaist, ma cousine.

Susanne : Ouy, ouy, je t'en donneray quand il faudra, et de plus, pour t'oster toute crainte, il y a une chose à considérer encore : c'est que ce malheur n'est pas si extraordinaire qu'on le doibve tant apprehender. Et combien qu'il y ayt des filles grosses dont on ne s'aperçoit point, au moyen de certains busques et habillements faits exprès, dont elles se servent, lesquelles cependant ne laissent pas de se donner bien du bon temps autant qu'elles peuvent avec ceux qui les ont engrossées. Aussi, voylà bien de quoy ! pour neuf mois que l'on passe en délices et plaisirs, on n'engrosse qu'une seule fois, et penses-tu, dame, tous les coups ne portent pas. Non, on est quelquefois bien un an, voire deux, quatre, six et le plus souvent jamais sans s'engrosser, et c'est le plus grand hazard du monde quand cela arrive ou que l'on n'a pas de moyens pour s'en empescher. Au pis aller, on a tousjours sept ou huit mois pour se préparer, et dans ceste intervalle on feint des maladies, des promenades, des pelerinages, et quand le temps est venu on se descouvre à une sage-femme qui est obligée, sur sa conscience, de tenir le fait caché secret. Un amy vous conseille et assiste au besoing, on fait des voyages d'un mois ou de six sepmaines, et quand mesme on serait espiée, il ne faut qu'un jour ou deux pour se descharger. Après, vous voylà aussi gaye que Perrot : on enlève l'enfant, que l'on donne à une nourrice, et tout cela aux despens de qui l'a fait. Va, va, tu ne connois pas toutes celles qui ont passé par là, et à qui il ne paroît point.

Fanchon : Ma cousine, je m'en doubte et ne craindray plus tant ce malheur, ce me semble, car je me représente encore que c'est une satisfaction bien grande d'avoir mis au monde une créature raisonnable, qu'on a faite avec une personne qu'on ayme.

Susanne : Il est vray cela.

[57]Fanchon : Mais après tout, ces filles qui sont si timides et qui ont si peur d'engrosser, comment peuvent-elles donc faire pour se passer d'hommes, quand l'envie leur en prend et les surmonte si fort que le con estant tout en chaleur il n'y a aucune allegeance de quelle façon vous le frottiez ?

Susanne : Je te diray, cousine, il y en a qui n'ont jamais esté touchées d'aucun et qui ne laissent pas pourtant de se bien donner de bon temps à s'exciter à la volupté, sans crainte de cela.

Fanchon : Comment peuvent-elles donc faire ?

---

57. Inventions diverses qu'elles ont de se donner du plaisir sans crainte d'engrosser.

Susanne : J'ai leu dans un livre d'histoire d'une fille de roy, qui se servoit d'une plaisante invention, au défaut de véritable masle. Elle avoit une statue d'homme de bronze, peinte, en couleur de chair et fournie d'un puissant engin d'une matière moins dure que le reste. Cest engin estoit droit et creux, il avoit la teste rouge et un petit trou par le bout, avec deux pendants en forme de coüillons, le tout imité au naturel. Et quand la fille avoit l'imagination eschauffée de la présence de ce corps, elle s'approchoit de cest engin qu'elle se fourroit dedans le con, elle empoignoit les fesses de ceste statue et les trémoussoit vers elle ; et quand ce venoit à descharger, elle tournoit un certain ressort qui luy sortoit derrière les fesses, et la statue jettoit incontinent par l'engin une certaine liqueur chaude et espaisse, blanche comme bouillie, dans le con de la fille, dont elle estoit arrosée et satisfaite pour le coup.

Fanchon : De quelle invention l'amour n'est-il point capable, et qui se seroit jamais allé imaginer cela de la sorte ?

Susanne : Il est pourtant vray cela, et il n'en faut non plus doubter que de ces hommes qui ont des statues de belles femmes dans leurs cabinets[58], qui leur servent à mesme dessein, et les foutent, quand ils ont le vit roide, par la fente qu'elles ont au bas du ventre, et qui est profonde à proportion.

Fanchon : Il est aussi croyable que l'autre, mais achevez.

---

58. Premièrement de statues de femmes pour les hommes.

Susanne : Les filles qui n'ont point le moyen d'avoir des statues se contentent de gaudemichis ou de simples engins de velours ou de verre, formés à la ressemblance d'un membre viril naturel, lequel elles emplissent de laict chaud et s'en chatouillent comme d'un véritable vit[59]. Les autres se servent avec des cervelas, de grosses chandelles de quatre à la livre, ou, faute de cela, mettent le doigt au con tant avant qu'elles peuvent et se font ainsi descharger. Et tant de pauvres filles recluses malgré elles, et toutes les religieuses qui ne voient le monde que par un trou, sont bien contraintes d'en user ainsi, et ne peuvent chasser les tentations autrement, car le foutre estant naturel comme le manger et le boire, quand elles ont passé quinze ans elles ne sont plus dans l'innocence, et faut bien qu'elles appaisent leur chaleur naturelle vitale.

Fanchon : Aux autres, ma cousine, cela va sans dire.

Susanne : Celles qui ont des amis et qui craignent de s'engrosser se contentent de les baiser et toucher, et elles souffrent aussi d'estre baisées et touchées et mesme que leurs amys leur manient les fesses, les cuisses, le con, les tetons, la mothe, qu'ils mettent l'engin auprès le leur, qu'ils les visitent par tout amoureusement, et qu'ils leur deschargent entre les cuisses, entre les fesses, entre les tetons ou dans la main. Pour porter dans le con, et s'engraisser de ce foutre tout le bas du ventre, point de nouvelle ; ils les grattent seulement avec les doigts

---

59. Des godemichis ou vits de velours, de verre, ou autres instruments pour se fourrer au con.

entre les babines du con, en les escarquillant et entr'ouvrant, tandis qu'elles les baisent et badinent de mesme avec leur vit roide entre les mains[60].

Fanchon : Après ?

Susanne : Il y en a de plus hardies qui se laissent enconner et frétiller, mais d'abord qu'ils veulent descharger, elles sont faites à cela et le connoissent, et leur donnent un coup de cul et les jettent dehors. Ainsi elles vont croissant ou diminuant leurs libertez, à mesure qu'elles sont plus ou moins esprises des délices de l'amour, mettant un petit linge à la teste du vit et le laissant descharger sans déconner, parce que le linge reçoit la liqueur d'amour ; et les dernières, qui sont plus hardies que toutes, ne craignent point de se laisser descharger sans mettre le linge, mais elles prennent garde, en s'accordant, que ce soit quelque temps seulement l'un après l'autre. Car c'est vérité connue et expérimentée de tous les médecins, qu'il faut que les deux descharges se passent ensemble pour engendrer et engrosser[61] ; aussi, c'est pour cela que le plaisir en est plus grand et que la fille en ressent deux à la fois qui luy viennent, qui sont la liqueur de l'homme, d'une part, et la sienne qu'elle répand avec luy, de l'autre. D'où vient qu'il y en a beaucoup parmy elles qui se mocquent de toutes ces précautions, et qui

---

60. Moyens plus plaisants pour se divertir avec les hommes avec autant de seureté que cy devant.
61. Circonstance nécessaire pour engrosser, tirée de la plus subtile doctrine des médecins, facile à éviter, avec une exhortation aux filles à passer par dessus et à se bien divertir.

ayment mieux recevoir un plaisir certain et infaillible et que l'on réitère souvent, que de s'en priver continuellement par la crainte d'une incertaine grossesse. Je dirois encore mille choses qui font que ceste grossesse n'est rien, mais croy moy seulement que celles qui ont bien envie de se divertir y donnent toujours bon ordre, soit que cela arrive ou par empeschement qu'elles y donnent (comme aussi l'on voit qu'il arrive rarement, et que de cent filles qui chevauchent en secret, il n'y en a pas deux qui engrossent), ou que si elles ne peuvent l'éviter, qui font du moins qu'on n'en parle jamais, après ou devant le coït. Mais fais en sorte que ceste crainte ne te vienne pas troubler en tes plaisirs ; au contraire, recherche avec soin le moyen de les augmenter, car tu ne sçaurois croire enfin, quand tu l'auras mieux esprouvé, combien il est doux et charmant et qui passe tous les contentemens du monde de s'abandonner entièrement à une personne qu'on ayme, pour en faire à sa volonté.

Fanchon : Certes, ma cousine, vous auriez besoin de reprendre haleine après avoir parlé si longtemps, mais puisque vous vous en acquittez si bien, nous n'en demeurerons pas là, car j'ai encore trois ou quatre petites questions à vous faire, et je ne vous laisse aller sans que vous ne m'y ayiez répondu.

Susanne : Tu me tiens à ceste heure, et il n'est possible que je te refuse.

Fanchon : Ma cousine, je vous diray donc que je crains d'estre devenue grosse, et si vous demandez pourquoy, c'est que toutes les fois que nous avons chevauché, Robinet et moy, il a voulu que nous ayons deschargé ensemble, pour y avoir plus de plaisir, car le combat de semence contre semence est entièrement voluptueux, et je vous demande si vous ne sçavez point quelque autre signe que celuy là pour me faire croire que je ne le sois point[62] ?

Susanne : O qu'ouy, vrayement. Ce n'est pas tout que descharger ensemble, il faut de plus que la femme, dans le point de la descharge, si elle veut que le coup porte, tienne les fesses serrées l'une contre l'autre et ne se remue en façon quelconque que tout ne soit fait et achevé. Or, regarde si tu en as usé de la sorte.

Fanchon : Pour bien serrer les fesses, je les ay tousjours serrées, et je pourrois bien estre grosse de ce coup là, mais pour avoir demeuré immobile comme une souche, au milieu d'un si grand plaisir, nullement, et c'est ce qui m'est impossible ; ainsi j'ay tousjours remué avec le plus grand appétit du monde.

Susanne : Eh bien, cela seul est capable de l'avoir empesché, parce qu'en se remuant ainsi cela fait aller le foutre de l'homme çà et là, et il ne tombe pas justement au lieu où il devroit dans celuy de la femme, ce qui fait qu'on engrosse. Mais pour serrer les fesses[63] tu ne t'en doibs pas estonner parce qu'on ne s'en peut point empescher, ce qui est de l'essence du plaisir d'amour de les faire serrer ainsi ; car en avançant le

---

62. Autres particularités pour engrosser, et les remèdes de contraire ou contre icelles.
63. Raisons pourquoy on serre les fesses en chevauchant, et une explication là-dessus.

cul en avant, elles viennent à se presser l'une contre l'autre
de nécessité et à se faire petites, de la force qu'elles ont à se
joindre, et à mesure qu'elles se serrent ainsi par derrière, la
nature, qui ne fait rien en vain, fait battailler davantage par
devant l'entrée de la matrice, en approchant contre l'homme,
à cause de la commodité qu'elle y trouve, et les lèvres du con,
pour engloutir mieux le membre viril et se conjoindre ainsi
d'autant plus à l'objet aymé ; d'où vient que chacune des parties
qui souhaite passionnément cette union, dit tousjours, dans
l'action : serre, serre, serre ! qui veut dire : serre par derrière
et ouvre par devant, et cela ne manque pas d'arriver ensuite,
ainsi que je l'ay dit.

Fanchon : Tousjours en raisonnant avecque vous vous m'ap-
prenez quelque chose, ma cousine et me voylà toute consolée
à présent touchant les difficultés de la grossesse, que je n'ap-
prehende plus, tant à cause de ces raisons là que vous m'avez
dites qui la peuvent empescher, que pour les remèdes que vous
avez contés. Mais ne me sçauriez-vous dire d'où vient que les
hommes sont plus ayses que nous leur touchions le vit avec la
main que toute autre partie du corps ? et mesme quand ils ont
tout mis dans la nostre, ils se délectent encore, en faisant, à
nous sentir la main qui leur patine par derrière les ballottes[64].

Susanne : Cela n'est pas bien mal aysé à décider : c'est qu'un
des plus grands plaisirs qu'ils reçoivent est de cognoistre qu'ils

---

64. Autre question pourquoy les hommes sont plus aises que les femmes leur
touchent l'engin avec la main qu'avec toute autre partie du corps, et le mérite
particulier et de haut goût attribué à la main de la femme.

nous en font, comme j'ay desjà dit, et c'est en cela que consiste la plus grande bonté de l'amour, qu'il veut partager esgalement tous les biens, en sorte que l'un n'en ayt pas plus que l'autre. Or, quel meilleur moyen avons nous de leur faire cognoistre qu'ils nous en font, si ce n'est en désignant avec la main l'instrument dont ils se servent pour nous en donner à gogo ? Cela leur faict penser, quand nous leur touchons, que nous ne nous rebutons pas, et que nous voulons comme dire en nous-mesmes, tandis qu'ils nous regardent faire : Je prends plaisir à toucher cela avec la main, parce que c'est tout mon bien et mon bon-heur, parce que je l'ayme ainsi faict comme il est et que c'est par luy que je doibs recevoir mon plus grand plaisir. Cela les oblige bien sensiblement de leur costé, et l'attouchement de la main est bien plus exquis et qui faict mieux examiner à la femme qui taste ce que c'est de cest engin, par le soin qu'elle y apporte, que si elle se servoit de celuy de quelque autre membre. Cest attouchement aussi a bien plus de suc et de mouelle pour eux et les pénètre jusqu'au fond, et le simple maniement volontaire d'une main blanche et délicate qui se promène autour de leur baston pastoral est suffisant pour leur expliquer tous les mouvements du cœur de leur dame. La main qui s'applique doucement sur quelque chose est comme le symbole de l'ami-tié qu'elle lui porte, comme aussi quand elle s'applique trop rudement elle est un tesmoignage de haine. Nous touchons ordinairement les choses que nous aymons avec la main : deux amis se touchent dans la main pour dire qu'ils s'ayment, mais d'un amour purement spirituel et qui ne leur permet pas de toucher autre chose ; mais celuy de l'homme et de la femme estant naturel et plus accomply, en ce que le corps et l'esprit y ont part, ils se touchent aussi l'engin dans la main l'un de l'autre, pour se dire qu'ils s'ayment, et une femme qui faict et souffre cela réciproquement à un homme, luy tesmoigne bien plus sensiblement qu'elle l'ayme que si elle ne le faisoit qu'à la main, car nous n'avons rien de plus cher que les coüillons, et je dis, bien plus, que si elle se laissoit baiser, embrasser, chevaucher, foutre, enconner, en un mot, descharger le vit en son con, et qu'elle refusast néanmoins de luy toucher le vit, elle ne luy tesmoigneroit point si véritablement qu'elle l'ayme que si elle venoit à luy mettre simplement la main dessus, par af-fection, et qu'elle refusast par crainte de se laisser faire le reste. Aussi est cela le comble du plaisir amoureux, quand la femme ne peut plus rien toucher à l'engin de l'homme qu'elle a tout dans le sien, elle tasche au moins de luy toucher sur le bord ce qui luy en reste dehors dans l'union des deux membres, et faict caresse à ses ballottes qui sont les ministres du plaisir. Il n'y a point de plus grandes privautez que celles qui se font de la main, et la nature qui a prévu à cela que l'homme peut recevoir deux plaisirs à la fois, qui sont celuy du con et de la main, elle luy a laissé une assez grande partie et espace du vit derrière les coüillons[65], qui ne peut entrer et qui va rendre jusqu'auprès du cul, afin que la femme peust luy toucher, mettre la main dessus, gravonner pendant le temps de la conjonction. Cela monstre bien qu'il n'y a dans la composition de tous deux

---

65. Problème à quoi sert l'estendue du vit derrière les coüillons.

[66]rien qui ne soit à dessein et dont il n'y ayt des raisons, si on les vouloit esplucher, et partant c'est bien abuser des moyens que la nature nous a donnés pour nous contenter que de ne les pas employer tous selon l'usage pour lequel ils ont esté faicts. Je me suis un peu estendue sur ce discours, parce qu'il me touche à mon esgard et que c'est là aussi un des plus grands contentemens de mon amy, lorsque nous sommes nud à nud entre deux draps, lorsqu'il voit que j'ay les mains bien blanches, que de les appliquer en ce lieu que l'on appelle improprement honteux[67], parce qu'il est la cachette du plus grand plaisir du monde et qu'il nous faict souvent rougir de honte, par trop d'ayse, quand nous y touchons. Comme aussi je reçois une double joye en mon cœur quand il ne dédaigne pas de me faire les mesmes caresses ; car je te prie, ma chère cousine, quel plus grand délice de voir un petit bout de chair flasque pendant au bas du ventre, de son amy, que nous prenons avec nostre main et qui peu à peu se dresse, tant que tout à coup il devient si gros qu'à peine le pouvons-nous empoigner avec une main, et la peau en estant si délicate que l'attouchement de la main seul nous faict pasmer d'ayse, et lorsqu'il est ainsi bien roide, en le broyant bien doucement, vous le sentez enflammé de chaleur et d'une couleur cramoisine qui vous dilecte entièrement la veuë, tellement qu'à force de le frotter, vous faictes extasier vostre amy et voyez enfin que le vit vous crache contre les doigts une liqueur blanchastre, tout opposée en couleur à celle du vit

---

66. Raison de la composition naturelle de l'homme et de la femme.
67. Pourquoy on appelle le vit et le con des parties honteuses.

lors qu'il est ainsi en fureur, qui estant passée faict que nous le laissons vistement tomber en mesme façon que nous l'avons pris, jusques à ce qu'un peu après nous recommencions.

Fanchon : Ma cousine, cela va le mieux du monde, mais venons au reste : je vous prie, qui est-ce qui a le plus de plaisir, de l'homme ou de la femme, dans la conjonction naturelle[68] ?

Susanne : Cela est bien mal aysé à résoudre, car si on regarde en l'escoulement de la semence, qui cause le plaisir, il n'y a point de doubte que la femme n'en ayt davantage que l'homme, parce qu'elle sent la sienne, comme j'ay dit, et celle de l'homme en mesme temps, s'entrerencontrant par un mouvement chaleureux et un peu contraire, et qui la chatouillent, au fond de la nature, toutes deux ensemble, là où l'homme ne reçoit point de plaisir de celle de la femme, qui ne coule pas en luy. Mais si on regarde qu'une partie du plaisir consiste dans la chaleur et dans le tremoussement que l'on a, et que celuy qui agit, s'il se plaist davantage dans son action que celuy qui ne bouge, à proportionnée raison ayme celuy sur lequel il s'agite, on ne pourra résoudre en ce cas lequel des deux est plus content et satisfaict.

Fanchon : Et pourquoy est-ce, ma cousine, que le plaisir arrive de la sorte, et que tous deux, naturellement et sans sçavoir qu'il y en ayt, souhaictent tant de se joindre[69] ?

---

68. Qui prend plus de plaisir à chevaucher de l'homme ou de la femme.
69. Recherche curieuse et naturelle pourquoy le plaisir vient sans qu'on y pense, et pourquoy l'homme et la femme, sans savoir qu'il y en ait, souhaitent tant de se joindre, et de l'androgénie.

Susanne : C'est qu'autrefois, remarque bien cecy, l'homme et la femme n'estoient qu'un, et ils estoient conjoints ensemble par ces deux membres qui estoient enclos l'un dans l'autre, en sorte que l'homme ne mouroit point et se reproduisoit continuellement en sa partie qui estoit sa femme et qu'il empeschoit de mourir. Et du depuis qu'ils ont esté séparés l'un de l'autre, la nature, qui se resouvient de sa désunion, veut tousjours retourner à soy-mesme, pour avoir l'ancienne conjonction, et s'efforce, quand elle trouve, de deux corps de n'en faire qu'un. D'où vient que, pour signe de réjouyssance, elle en pleure de joye, et il semble en mesme temps que les deux corps ne se doibvent jamais disjoindre, tant ils sont collez l'un à l'autre, et qu'ils ont bien repris racine ; et peu après, elle se retire de tristesse, voyant que cela n'arrive pas.

Fanchon : Ma cousine, qu'est-ce donc que l'amour[70] ?

Susanne : C'est le désir d'une moitié pour servir ou s'unir à son autre moitié.

Fanchon : Expliquez-moy cela plus clairement, s'il vous plaist.

Susanne : C'est un appétit corporel ou un premier mouvement de la nature, qui monte avec le temps jusques au siége de la raison, avec laquelle il s'habitue et se perfectionne en idée spirituelle ; d'où vient que ceste raison examine avec plus de cognoissance les belles convenances qu'il y auroit que

---

70. Définition de l'amour.

ceste moitié fust unie à son autre moitié[71]. Et quand la nature est arrivée à sa fin, ceste idée ou vapeur spirituelle vient à se résoudre peu à peu en une pluye blanche comme laict, et s'escoule, le long de l'espine du dos, dans les conduits, et elle devient le plaisir de la chose dont elle n'estoit auparavant que l'idée.

Fanchon : Et pourquoy est-ce que ceste idée chatouille si fort en passant[72] ?

Susanne : C'est qu'elle se resjouit sur le point qu'elle est proche de se communiquer à la chose aymée.

Fanchon : Cela est certes bien délicat et amoureux, et pourquoy donc ceux qui sont en cest estat ne peuvent-ils rire, veu qu'ils sont si ayses, sur tout dans le moment que le foutre s'escoule, et qu'il semble que toutes choses les y convient[73] ?

Susanne : C'est qu'ils n'ont pas le plaisir dans la teste, et que toute leur joye est au cul ou bien entre con et coüillons.

Fanchon : Ha, ha, ha, ha !

Susanne : Mais il se peut imaginer encore autrement.

Fanchon : Comme quoy ?

---

71. Autre définition de l'amour par idée.
72. Pourquoy la liqueur d'amour chatouille en sortant.
73. Pourquoy, pendant le déchargement, l'on ne peut rire, et de l'occupation sérieuse de l'âme en cet instant.

Susanne : C'est que l'âme est tirée en bas par la force du plaisir et comme arrachée de son siége par la grande attention qu'elle porte à ceste union si désirée des deux corps, qui se faict en cest endroit ; d'où vient qu'elle ne songe plus à soy et laisse vuides et desgarnies de sa présence les fonctions de la raison. Or, là où elle ne raisonne plus, là aussi elle n'est plus libre, et par conséquent elle ne peut rire, car c'est une propriété de la raison et effect de la liberté. Pour preuve de cela, c'est que, au commencement que ceste idée passe, l'on esprouve une certaine langueur et assoupissement des sens par toute la teste, qui est une marque de la privation de l'âme qui n'y exerce plus son pouvoir, tellement qu'il en arrive comme à ceux que la rencontre d'un cas merveilleux tient suspendus entre l'admiration et la joye, et qui sont tellement saisis et resserrez par ceste dernière, qu'ils n'ont plus la liberté de s'estendre et ne peuvent se partager pour en rire.

Fanchon : Ma cousine, cela est trop délicat pour moy du premier coup, et il mérite bien que nous y fassions reflexion une autre fois. Mais pourquoy est-ce que les hommes, quand ils ne nous peuvent mettre le vit dans le con, ils se plaisent au moins de le mettre entre nos cuisses, entre nos fesses, entre nos tetons, dans nostre main, et quelquefois nous en saluer le visage et autour du menton[74] ? Car certainement il y a là une espèce d'amour aveugle, quoy qu'il n'y ayt point de vray sentiment, dont je ne sçaurois m'imaginer la cause.

---

74. Pourquoy les hommes se plaisent à descharger quelquefois entre les cuisses, tétons, et ailleurs.

Susanne : C'est bien dit, aveugle, et souviens-toy de ce que nous avons dit auparavant de l'idée, c'est que ces membres là de la femme sont aussi bien partie de l'homme que les autres ; car l'amour, qui est aveugle et qui ne sçait où se faict la conjonction, ne se soucie pas pourveu qu'il communique son plaisir en quelque endroit de la femme, ne demandant que la conjonction de deux parties. D'où vient que quand il sent cela il s'agite et remue contre elle, et trompe la raison, parce que l'idée le veut ainsi, à cause de quelque ressemblance que ceste dite conjonction a avec la véritable naturelle ; d'où vient qu'il est ravy quand il sent quelque chose en la personne aymée qui luy presse et qui luy frotte l'engin pour l'abuser d'autant plus, soit quand il le pousse de force entre ses genoux ou soit quand il luy faict serrer les deux mamelles à l'entour, tandis qu'il faict l'action de se remuer.

Fanchon : Ma cousine, c'est assez, et nous n'avons rien dit du baiser de la langue, qui semble aussi estre une fantaisie[75].

Susanne : Le baiser de la langue, c'est une autre tromperie de l'amour qui cherche la conjonction en toute chose et en toute sorte de manières ; c'est une image et représentation du vit qui entre dans un con, pour s'unir à sa moitié, et la langue qui glisse en la mesme guise soubs une autre langue, estant pressée à l'entour par les deux lèvres ennemies, l'âme est trompée par la ressemblance de cest object. D'où vient qu'elle veut aussi quelquefois plus de résistance par l'opposition des dents, pour

---

75. Du baiser de la langue, et pourquoy il est si doux et si suave.

mieux imiter ceste douce force que le vit rencontre par en bas pour s'unir parfaictement au con. C'est pourquoy il semble alors que le cœur s'exhale par la bouche en souffrant les caresses qui luy sont faictes, et quand l'amant peut imaginer cela de soy, que son vit iroit de mesme dans le con de la personne qu'il baise, laquelle, de son costé, coupe aussi la mesme pensée, et qu'un plaisir est bien plus délicieux que l'autre, il s'exprime par là aussitost un doux air qui est comme un tesmoignage de ce que les deux moitiés qui cognoissent le symbole de ceste union de langues souhaicteroient davantage, d'où vient qu'elles se picottent çà et là et pressent de ces mesmes langues et imitent les plus vaines et naïfves gesticulations du membre viril, et l'imagination se resjouit presque autant de ceste vaine figure que si le plaisir véritable y estoit conjoint.

Fanchon : Ma cousine, je descharge, n'en parlons plus. Et pourquoy, en dernier lieu, est-il plus plaisant quand la femme est montée dessus l'homme et qu'elle le chevauche, que quand elle est dessoubs et l'homme estendu sur tout son corps, ayant tout à point son vit rougeastre et prest à bander dans son con[76] ?

Susanne : Je t'ay desjà dit cela d'une façon, et le voylà d'une autre : c'est une autre correspondance de l'amour, laquelle ne vient pas de ceste considération d'une moitié, comme il arrive dans la distinction que nous avons faicte de l'homme en deux

---

76. Pourquoy il est plus doux de chevaucher la femme dessus que dessoubs, et de la métamorphose d'amour.

parties séparées, mais plustost c'est que l'homme et la femme estant considérés comme deux touts parfaicts, ils désirent, par la grande affection qu'ils se portent, de se transformer l'un dans l'autre.

Fanchon : Mais il ne faict rien pour cela que la femme doibve tenir le dessus plustost que le dessoubs.

Susanne : Si fait bien ! il y faict, et elle le doibt ; en voicy la raison : c'est une propriété donc, de l'amour reconnue, que l'amant souhaicte que l'amour luy transforme en la chose aymée.

Fanchon : Eh bien, je l'avoue.

Susanne : Or, en ceste posture où la femme est dessus et l'homme dessoubs, il y a une ressemblance de ceste métamorphose, par la mutation des devoirs qui est réciproque ; au moyen de quoy l'homme se revest entièrement des passions de la femme, et ceste posture luy figure qu'il a changé de sexe, et la femme réciproquement s'imagine d'estre devenue homme parfaict dans la situation qu'elle luy faict garder, se sentant esprise du désir d'en faire les mesmes fonctions ; tellement que l'un ne peut pas s'imaginer estre changé en l'autre, qu'il ne s'imagine aussi que l'autre soit changé en luy. Il faut adjouster à cela que si vous les voyiez de loin accouplés comme ils sont, vous les prendriez l'un pour l'autre ; voylà une raison qui me semble assez pertinente.

Fanchon : Et qui a bien du rapport à nostre première façon de concevoir et qui la fortifie beaucoup dans mon esprit.

Susanne : Quelle ?

Fanchon : Qu'une moitié désire de s'unir à son autre moitié[77].

Susanne : C'est un tesmoignage de bonté du principe quand les effects et les raisons de la cause qu'on en tire sont bien deduits.

Fanchon : Je suis donc d'advis que nous nous tenions à celui là, ma cousine, sans en chercher d'autre, car aussi bien nous n'en trouverons pas de meilleur.

Susanne : C'est ce qui me semble, mais cependant remarque donc bien ce que nous avons dit ce jourd'huy, pour t'en resouvenir, car après cela je ne pense pas qu'on puisse faire d'autres recherches sur l'amour que celles que nous avons expliquées.

Fanchon : Faites-moy une petite récapitulation, je vous en prie.

Susanne : Nous avons premièrement[78] parlé des effects, qui sont les paroles, les attouchemens, les baisers, les œuvres, les conjonctions ; nous avons expliqué pourquoy ils se practiquent ainsi, qui est ce que beaucoup d'autres ne se souviendroient pas de faire, et néanmoins qui donne un grand prix à la besoigne quand on le sçait ; nous avons dit les humeurs différentes des hommes et des femmes, leurs compositions et appétits divers ;

---

77. Souverain et dernier principe d'amour, qu'une moitié veut s'unir à son autre moitié.

78. Sommaire et récapitulation de toutes les choses qui ont été traittées cy devant, et de plusieurs menues particularitez assez importantes à sçavoir.

nous avons descouvert ce que c'estoit que l'amour, sa nature, ses propriétés, ses effects et ses usages, pourquoy, comment et en quel endroit il agissoit, et les raisons de tout cela. Et si nous avons oublié quelques choses, elles sont de peu de conséquence, touchant mille petites particularitez que l'on a accoustumé de practiquer et qui diversifient la fonction du plaisir d'amour pour quelque ragoust que l'on y trouve ; ce sont de petites superficies en luy, qui ne valent pas la peine d'estre touchées, et qui ne prennent leur considération seulement que selon le plus ou le moins de conformité qu'elles ont à signifier qu'une moitié veut s'unir à son autre moitié. Comme il y a premièrement les postures, qui sont les embrassemens de plusieurs sortes, il y a les fretillemens, les secousses, les agreements ou gesticulations, les gémissemens, souspirs, esvanouissemens, pasmoisons et coups de main, et toutes les autres caresses que nous avons dites plus amplement à la fin de nostre première conférence, tellement qu'il faut finir celle-cy, et remettre, s'il y a encore quelque chose à dire, à une autre fois.

Fanchon : Ma cousine, touchez là, vous me le promettez donc.

Susanne : Ouy, ouy, je te le promets ; il ne faut point tant de cérémonies.

Fanchon : Cela estant, me voylà en repos et je n'ay plus qu'à vous remercier des bontez que vous m'avez tesmoignées jusques à ceste heure, dont je vous seray éternellement redevable[79].

Susanne : Comme tu complimentes ! O la belle chose ! et de quoy me remercieras-tu ?

Fanchon : De la patience que vous avez eue à m'instruire tout aujourd'huy, à former mon esprit grossier, qui estoit sans la practique des choses et sans en concevoir les raisons les plus excellentes. Le dernier fruict de vostre discours, c'est que l'amour est une source inespuisable de pensées, et que l'on ne sçauroit dire de luy tant de choses bonnes et de raisons qu'il y en a là où vous avez eu la bonté et l'adresse de me conduire peu à peu, des plus communes et des plus basses jusques aux plus relevées.

Susanne : Or sus, trefve de compliments, et disons encore cecy : l'amour a cela d'accommodant qu'il satisfaict entièrement tout le monde selon sa portée : les ignorans par une pleine jouyssance des plaisirs qu'ils y trouvent sans sçavoir d'où ils viennent, les habiles gens par les douces imaginations que l'esprit y conçoit en les recevant. Par exemple, dans ceste posture que l'homme faict tenir à la femme quand elle monte dessus, combien de douces considérations peuvent satisfaire l'esprit, causées par le seul eschange mutuel des devoirs et des volontez qui se practique entre eux ; car de chevaucher simplement une femme qui se laisse faire et que la honte ou la froideur empeschent de passer outre dans la recherche du

---

79. Remerciement à la louange de cette doctrine, avec un aveu des plus grands privilèges de l'amour.

plaisir, c'est une satisfaction commune, et il n'y a que le plaisir de descharger dans son con qui chatouille les sens de l'un et de l'autre pour un peu de temps. Mais quand, au lieu de veoir que l'homme se tourmente pour venir au point désiré, c'est au contraire la femme qui prend ceste peine de chevaucher et qui prend la peine d'elle mesme de s'engaigner autour de sa forte et dure lance, en faisant pour cela, à ses yeux, les actions requises et nécessaires, ô ! dame, c'est un bonheur qui n'a point d'esgal et qui les doibt ravir en des contentemens extrêmes. Car il voit sur luy le ventre, le nombril, les cuisses, la mothe, le con et généralement tout le corps de sa mieux aymée, qui donne de vifs esguillons à sa flamme[80] ; il voit et sent l'agitation naturelle qu'elle faict sur luy en luy pressurant amoureusement la plus pretieuse partie de luy mesme ; il l'admire en face, qui faict toutes ces choses ; il semble qu'il doubte, il taste encore pour s'asseurer de son bonheur, il s'escrie de plaisir chaque coup qu'elle donne, il se transit d'ayse en sentant ses attouchemens, et estime plus son bon vouloir que le reste, asseuré qu'il est d'en estre aymé. Et quand l'amour après vient à payer le tribut deu à leurs contentemens, il voit fondre son plaisir dans ses yeux, et comparant les clairs rayons qui viennent de ces mêmes yeux, vrais miroirs de l'âme, avec les postures et grimaces naturelles qu'elle faict de son corps, de ses reins, de sa teste, de ses cuisses et de la partie la plus secrète où il a le contentement de loger son membre tout entier, croit que ses

---

80. Grand plaisir de l'imagination de l'homme qui est chevauché par une femme, et l'on voit par cette posture répétée tant de fois que l'auteur y prend plaisir ; avec un exemple instructif pour méditer là-dessus.

autres membres, bien qu'ils ne voyent goutte, ne laissent pas de sentir leur part du plaisir. La femme aussi, qui est dessus, considère de son costé et faict des reflexions particulières sur chasque posture, en suite à les conter toutes une par une, qui a son nom propre aussi bien que ses ragousts différents, sur lesquels on recommenceroit d'icy à dix ans.

Fanchon : Ma cousine, ce ne seroit jamais faict qui voudroit icy rapporter les imaginations de tout le monde, car, pour moy, j'en puis bien concevoir des autres que celles là, et qui ne me semblent pas moins douces ny moins remplies de volupté et délectation[81] ; mais dites-moy seulement une chose, tandis que vous mettez votre coeffe pour vous en aller.

Susanne : Quoy ?

Fanchon : Quelles sont les qualitez plus requises à deux amans qui baisent, pour se rendre tout à fait heureux dans la possession qu'ils ont l'un de l'autre[82] ?

Susanne : Ha ! ma foy, cela ne se dit pas en si peu de temps qu'en mettant ma coeffe, car il nous faudroit discourir premiè-rement de la beauté qu'ils doibvent avoir l'un et l'autre, et puis en venir à d'autres particularitez qui seroient trop longues à deduire maintenant.

---

81. Autre congratulation à l'amour.
82. Explication et recherche non moins utile que plaisante en dernier lieu, ou le tableau de deux amants propres à se bien donner du plaisir.

Fanchon : Et qu'importe, ma cousine, plus vous y serez et plus le plaisir sera grand. Vous voylà bien malade ! pour un quart d'heure que vous y serez. Soyez en plustost deux et accordez cela à ma prière ; car qu'est-ce qui vous presse si fort ? il n'est point encore si tard. Si c'est que tousjours mesme discours vous déplaise, vous avez beau faire, car c'est un effect de ma destinée aujourd'huy que je ne sçaurois entendre parler sinon d'amour.

Susanne : Tu auras encore cela de moy, veu que tu le veux, mais après cela n'attends pas de me retenir davantage, m'estant tout espuisée de ce que je sçavois. C'est pourquoy, aussitost la demy heure passée, à la première question que tu me feras, certes, je couperay court et m'en iray.

[83]Fanchon : Ma cousine, je le veux ; c'est pourquoy remettons-nous dans le discours d'amour, et premièrement, par où commenceray-je ? je ne sçay. D'où vient que quand je suis esloignée quelque temps de mon amy, et que je me représente à tout temps la jouyssance que j'aurois de luy, j'ay une telle imagination et amour pour son vit et ses coüillons que, sans songer à ses autres perfections, je me le figure tousjours tel que s'il me le fourroit dedans le con avec force et qu'il eust de la peine à entrer, tellement que mon engin se quarquillant et se desgluant, le dedans de ma nature me démangeast furieusement, et qu'enfin entré, je le sentisse tout au fond proche la

---

83. Introduction à la première recherche, ou discours ingénieux de la preexcellence du vit et du con à tous les autres membres, pour le plaisir qui en provient.

matrice, et là opérant par de petits coups lors que la teste du vit rentre dans la peau et qu'elle ressort avec rage, tellement que je n'en puis plus ? Une telle pensée me met en un tel goust de la fouterie que je ne suis jamais sans y songer, ou à moins que je tienne son vit dans ma main, à belle poignée, qui se bande tant qu'il peut.

Susanne : Cela est commun à tous ceux là qui ayment, et c'est un effect de ton désir qui te met aussi vivement les choses devant les yeux que si elles estoient en effect présentes ; et par la représentation plustost que tu fais de ce vit que de toute autre chose, cela faict veoir que toute l'idée de la beauté que l'on renferme dedans l'object aymé et qui consiste dans une belle façon de visage et agreement des autres membres, lesquels sont incomparablement plus beaux que les deux natures générantes de l'homme et de la femme, néanmoins est effacée et comme soubmise à ceste autre idée qui faict imaginer le plaisir qu'on a quand un membre s'introduit dans un autre, tellement qu'elle est seulement une circonstance qui n'est au plaisir que la dernière et qui ne sert de rien. Par exemple, d'avoir un bel œil, une belle cuisse, une belle main, qui pour rendre plus grand le plaisir que l'on a de mettre le vit dans le con : sçavoir l'œil pour regarder l'action honteuse avec une chaleur vive, et représenter à la personne aymée l'image du plaisir de son âme lorsque le grand et indicible chatouillement arrive ; la belle cuisse sert d'admiration à nos sens, dans la contemplation d'une structure si polie et qui excite merveilleusement nos appétits sensuels ; enfin ceste main blanche, pourprine et délicate, est la cause que le vit s'enfle d'une telle vistesse que nous jugerions, avant que le foutre en soit dehors, qu'il deust crever : si bien que la beauté de ces parties et des autres cause un changement tout extraordinaire et incroyable.

Fanchon : Ma cousine, je conçois ce que vous dites, et puisque nous sommes sur le chapitre de la beauté, je voudrois que vous m'en fissiez une description telle que vous la demanderiez si vous vouliez représenter une jouyssance parfaicte et qui fust accompagnée de tous les plaisirs qui peuvent provenir de ceste beauté[84].

Susanne : Volontiers. La beauté consiste en deux choses : dans les traicts et perfections du corps, et dans les actions qui partent de luy[85].

Fanchon : J'ayme ces divisions qui sont nettes.

Susanne : Tellement qu'il y a des personnes qui ont la beauté du corps et qui n'ont pas celle des actions, et d'autres qui ont ce certain je ne sçay quoy qui plaist en tout ce qu'elles font, et cependant qu'on ne peut point proprement appeler belles.

Fanchon : Cela seroit trop long à disputer, si on y vouloit aller. Par exemple, Paris est tout plein de personnes qui ont une partie de la beauté et non pas l'autre, d'autres qui ont toutes les deux, et c'est de celles là que je demande que vous me fassiez une description qui soit le plus à vostre gré.

---

84. Commencement de cette recherche, et premièrement de la beauté en général.
85. De la différence des beautés, et ce qu'elles doivent avoir pour être parfaites.

Susanne : Je commenceray par la beauté du corps et des actions, et premièrement de celle de la femme[86].

Fanchon : Bon, après nous viendrons à celle de l'homme.

Susanne : Il y a encore des beautez qui sont plus propres à l'amour les unes que les autres, et c'est d'une de celles là que je vais faire la description.

Fanchon : Voyons.

Susanne : Je demande une fille à l'âge de dix et huict ans, médiocrement grasse, et qui ayt la taille droicte et haute, non pas trop, l'air du visage noble et majestueux ; qu'elle ayt la teste bien plantée, les yeux doux et riants, de couleur noire, la bouche médiocrement grande, les dents blanches et bien rangées, le front plus petit que grand, mais doucement courbé dans ce qu'il monstre, les jouës pleines, les cheveux noirs, le tour du visage rond. Je veux à ceste heure qu'elle ayt le tour des espaules un peu large et fourny, la gorge pleine et unie, les tetons durs et séparés, qui se soustiennent d'eux-mesmes, les bras gros et postelés, la peau non pas trop blanche ny trop brune mais d'une teinture esgale entre les deux et qui avec l'embonpoint de la chair qui la faict pousser ne laisse paroistre aucune rudesse ny tacheture dessus, et je veux qu'à son bras soit joincte une main d'yvoire, qui estant fournie avec

---

86. De la beauté particulière de la femme, avec une inscription méthodique et bien raisonnée des mœurs et bonnes qualités qu'elle doibt avoir tant à l'esprit qu'au corps, et ce chapitre mérite d'être leu des filles qui veulent apprendre, pour son utilité.

proportion à l'endroit du poignet, vienne en diminuant insensiblement jusqu'à l'extrémité des doigts. Quant aux mœurs, je veux qu'elle soit proprement vestue, qu'elle soit modeste, gaye dans ses actions, qu'elle parle peu et finement, et qu'avec tout cela elle paroisse estre spirituelle, ne disant pas tout ce qu'elle sçait, mais laissant deviner à ceux qui l'escoutent qu'elle entendroit mieux les matières seul à seul qu'elle n'en faict le semblant devant le monde ; si bien que tous ses discours, soit à dessein ou autrement, ne tendent qu'à donner de l'amour et persuader en mesme temps qu'elle en peut prendre, se réservant pourtant tousjours devers soy un prétexte d'honnesteté qui ne donnera aucune prise à ses ennemis et qui la mettra à couvert toutes les fois qu'ils luy en voudront faire le reproche, promettant affirmativement qu'elle ne sçait ce que c'est dont on luy parle et qu'elle n'y entend point de finesse. Je veux aussi qu'elle soit sobre à table et aux festins où elle se trouvera, boive peu et mange médiocrement, parce que c'est là encore qu'on reconnoît mieux l'humeur d'une fille, selon qu'elle est plus ou moins portée aux autres plaisirs, et que les discours et les actions y sont ordinairement plus libres. C'est pourquoy elle prendra garde de ne point faire d'excès, et si elle est excitée à commettre quelques libertés pour donner carrière à son esprit, il faut qu'elle y soit emportée par l'exemple ou le consentement de toute la compagnie qui n'y trouvera rien à redire ; autrement elle s'en doibt empescher. De plus, elle doibt sçavoir danser, chanter, aymer la lecture des livres d'amour, soubs prétexte de s'instruire à parler proprement sa langue naturelle, et n'y point faire de faute ; avoir son esprit souple aux belles passions d'amour qui y sont représentées, en sorte qu'elle se laisse captiver comme pour soy-mesme aux incidens du roman et aux récits qui sont les plus capables d'insinuer l'amour dans les cœurs.

Fanchon : Cela est bien galand, ma cousine.

Susanne : Avec toutes ces dispositions tant intérieures qu'extérieures, car je n'ay pas encore descrit toutes les perfections du corps, je veux, quand elle sera déshabillée, que l'on voye reluire toutes les beautez que la robe cache, comme un soleil qui sort d'une nue, et qu'elle frappe la veuë et les sens de celuy qui la regarde, comme un beau lieu de délices qui se descouvre tout à plain à celuy qui le cherche avec impatience et qui le trouve infiniment plus beau qu'il ne se l'estoit imaginé. Je veux, parmy toutes ces grâces qui l'accompagnent, qu'on voye pousser son ventre plein et arrondy, comme l'escueil délicieux où se brisent tous les désirs amoureux ; son estomach sera douillet et charnu ; elle aura les pieds petits et bien mignons et bien tournés en dehors, pour dénoter qu'elle les a bien placés ; la jambe grassette par le milieu, les genoux courts et menus, la cuisse grosse, en remontant, et bien garnie, où troussent deux fesses dures et rebondies et séparées comme à des statues de marbre ; le croupion court, les hanches larges médiocrement, le corps menu par la ceinture, les reins forts et souples, pour le mouvement du con, et plus que tout cela, une mothe grassette et bien ferme, cotonnée d'un poil brun qui serve de haye et rempart à la fossette, laquelle sera fendue jusques à six doigts au dessoubs du nombril. Je veux qu'elle ayt

tant de beautez espanchées sur le corps, et je veux que la peau
en soit tellement bandée, unie et lissée soubs la main de celuy
qui la taste, qu'elle ne se puisse tenir dessus non plus que le
pied sur la glace, et que la faisant glisser tout autour du corps
et par entre ses pilliers de marbre, où l'on ne verra partout
pousser aucun poil, elle coule en un instant d'un lieu en un
autre ; les deux babines un peu retroussées et colorées d'un
rouge attrahant qui passe un peu au dehors entre les cuisses,
que le dedans soit bien replié de peau douillette qui soit en-
continuée jusques à l'orifice du ventre, qui soit bien percé pour
éjaculer la semence en temps et proportion, afin que, quand le
vit aura forcé la première barrière, ayant reouvert l'entrée du
con, venant un peu plus avant, il repousse toutes ces petites
tayes et pousse jusqu'au milieu, où faisant derechef force, tout
se puisse exécuter d'un costé et d'autre et donner place à ce
vaillant capitaine qui a si valeureusement advancé jusques au
logement du milieu, où y trouvant la place vide, il brusque la
fortune si avant qu'il vienne jusques à l'entrée de la matrice
où se fera le combat naturel qui causera tant de plaisir à ma
belle depucellée ; bref, je veux qu'elle ayt tant de beautez que le
galant[87] soit desjà perdu d'ayse et de transport avant que d'estre
arrivé jusques au noir.

Fanchon : C'est donc encore ainsi que vous appelez le con ?

---

87. Appellation figurée et philosophique du con, et des grands privilèges et de la
beauté cy dessus escrite.

Susanne : Ouy, en paroles de philosophie et couvertes, en prenant la qualité pour la chose ou le corps.

Fanchon : Certainement il pasmeroit de douceur, comme vous dites. S'il arrivoit qu'il pourroit une fois mettre la main dessus, il n'auroit point la force d'y mettre autre chose. Quel crève-cœur ce seroit, s'il venoit à mourir sans avoir peu enfiler tant de beautez ensemble !

Susanne : Ma foy, je le pense, mais le plaisir n'est pas moindre pour la fille quand toutes les qualitez requises se rencontrent en celuy[88] qui la caresse.

Fanchon : Or, voyons donc celles qu'il doibt avoir aussi, et puis nous ferons un assemblé parfaict de ces deux moitiés accouplées.

Susanne : Presque toute la beauté de l'homme consiste en la belle taille et en la force du corps, non pas en la délicatesse, comme celle de la femme. Je veux pourtant qu'il soit propre en ses habits et en sa personne, qu'il ayt la face grave et ma-jestueuse, les yeux doux et brillans, le nez un peu grandelet et rien de difforme en tout le visage. Je veux qu'il soit de l'âge de vingt-cinq ans, un peu plus maigre que gras, que son poil soit noir et vif, ses cheveux longs, pour la bonne grâce, et bouclez sur les espaules. Il aura le col court et libre pourtant, l'estomach un peu velu et douillet, s'il se peut ; aux endroits

---

88. Description particulière de la beauté de l'homme et des bonnes qualités qu'il doit avoir.

du corps où il n'aura point de poil, comme aux espaules, aux reins et sur les fesses qu'il aura larges et bien formées, avec un peu de beauté il faut qu'on remarque beaucoup de force, c'est pourquoy il fera paroistre ses nerfs quelquefois en se remuant, afin qu'embrassant bien estroittement sa maistresse, il la porte où il voudra, la jette sur un lict à la renverse, luy prenne ses deux cuisses sur ses espaules et la porte en ceste posture, après qu'il l'a faict culebuter, et la demeine comme une marionnette que l'on agence à son plaisir. Car il arrive bien souvent que le premier soir qu'une jeune pucelle couche avec un garçon qui entend le jeu dont elle est entièrement ignorante, il aura beau la prier, la caresser, luy monter dessus, si elle n'ouvre pas bien les jambes il est impossible qu'il la puisse bien engaigner, et bien souvent est contraint de faire la première descharge sur la mothe, tellement qu'il faut qu'il ayt la force d'appuyer si fort ses cuisses sur les siennes qu'elle n'ayt moyen de remuer jusques à ce qu'elle se sent brouiller les opopondrilles avec son instrument, dont elle n'avoit point encore accoustumé de jouer pour se divertir. Et à cest effect il aura le pied bien petit et bien planté, la jambe droicte et advenante et non cagneuse, les cuisses grosses et nerveuses et un peu velues, et fera co-gnoistre, s'appuyant dessus, qu'il a beaucoup de vigueur en tout ce qu'il veut entreprendre. Tu t'estonnes en cest endroit, cousine, mais si tu sçavois combien ceste beauté masle et vi-goureuse de l'homme a d'attraicts et d'alléchemens quand elle est unie avec ceste autre beauté plus délicate que la sienne[89],

---

89. Paragon de la beauté masle et vigoureuse de l'homme à la beauté molle et

tu n'en voudrois jamais gouster d'autre, et particulièrement quand elle est ombragée au dessoubs du nombril d'un poil large et espais, du milieu duquel on voit sortir un bel ouvrier de nature, fort bandé, qui à bon droit mérite estre appelé membre, pour sa force et vertu, et qui estant accompagné de deux battans au dessoubs qui luy servent d'ornement et de parade, fasse paroistre toute sa beauté, quand il bande, à faire sortir la petite teste rouge et fendre deux doigts dehors sa peau, qui ne peut souffrir d'autres attouchemens que la peau délicate du con d'une fille, et n'entendant point raillerie en tel estat, il saccage tout ce qu'il rencontre dans le con d'une tendre pucelle, quand il pousse de vive force.

Fanchon : Quelle douce cruauté ! J'enrage.

Susanne : Je veux donc que tu sçaches que je ne donnerois pas un festu d'un homme, pour beau et bien faict qu'il fust, s'il n'a les perfections de son manche, et qu'il estonne la femme par son regard tout enflammé, au premier coup qu'elle doibt estre percée, et voylà toute la beauté que je requiers en luy, pour l'accomparer à celle de la femme, car pour les autres vertus qu'il doibt avoir, nous en avons desjà assez discouru dans nos premiers entretiens.

Fanchon : Et cela estant, trouvez-vous qu'une jouyssance consommée de ceux qui sont pourvus de toutes ces belles qualitez doibve estre accomplie en tous les points[90] ?

---

délicate de la femme, et suite de la dernière description.
90. Convenances nécessaires à garder aux deux amants sus dits dans le temps

Susanne : Nenny, ce n'est pas assez, car je veux de plus que dans le temps de l'accouplement ils observent les convenances qui suivent. Je veux que la fille soit un peu honteuse à certaines choses et que l'homme soit plus hardy ; je ne veux pourtant pas qu'elle soit si honteuse que de luy refuser sottement quelque chose que l'amour exige d'elle, mais je veux seulement que sa honte tesmoigne qu'elle n'oseroit faire ce qu'elle voudroit bien, et qu'elle ne serve à son amy que d'attraicts pour luy donner plus d'envie de faire, de rapiner des choses que elle luy voudroit refuser ou défendre. Il faut que le garçon ose tout, car la fille n'a pas bonne grâce de tout oser et est bien ayse d'estre prévenue dans le choix des plaisirs qu'elle voudroit sentir et qu'elle n'ose déclarer par crainte. C'est pourquoy il aura l'œil à tout, et qu'il prenne garde aux moindres indices qui partent d'elle, soit aux souspirs, aux gestes ou aux paroles ambiguës, pour conjecturer de là le véritable motif qu'elle a et la satisfaire en ce qu'elle désire. Au contraire, quand il luy aura mis le vit au con, comme il n'est plus temps de délibérer, je veux qu'il la secoue effrontément et sans garder aucune mesure pour considération d'honneur ny de bienséance, et qu'elle, en le regardant, tienne honteusement la veuë collée sur luy, feignant de s'estonner des douces violences qu'il commet en son endroit. Et je veux qu'en l'approchement des deux culs l'eschine du garçon se vienne à recourber en arc jusqu'au bout du croupion, comme à l'endroit où tient par devant la corde

de l'accouplement pour rendre leur plaisir parfait, avec une exhortation pour les suivre, et les filles qui voudront s'instruire prendront ainsy la peine de lire cecy, s'il leur plaist.

de l'arc qui se tire, qu'en suite elle vienne à s'ouvrir droicte en se relaschant et que, se rapprochant subitement à son premier estat d'être courbe, elle fasse juger que la nature est en souffrance quand elle est ainsi droicte, et qu'il lui est plus naturel et plaisant de retourner à son ply. Bref, je veux qu'il n'ayt point autre pensée en l'esprit que celle de practiquer aveuglément tous les moyens qu'il pourra pour l'enfiler mieux à son advantage ; la fille de son costé, pour estre tendre et délicate, se plaindra un peu d'abord, par bienséance, de l'effort, et luy dira par forme qu'il luy faict mal, mais pourtant qu'il ne craigne rien et que le mal soit si grand que le plaisir. Et pour grand que soit son vit, pourveu qu'il soit assez bandé pour faire bresche, il entrera bien dedans, et alors le plaisir en sera tant plus grand par après, de sorte qu'il faut qu'elle soit souple et obéissante à ses volontez et qu'elle ne soit pas si sotte de luy rien refuser de tout ce qu'il luy demandera pour adoucir son plaisir, car elle seroit bien niaise et malheureuse d'un contentement qui luy en devroit tant causer. Et luy, pour cela, sans discontinuer de pousser, luy donnera courage, il la baisera et l'amadoüera par douces paroles, achevant l'ouvrage commencé. Je veux au reste que la fille soit souple et obéissante aux désirs du garçon, qu'elle s'agence en toutes les postures, qu'elle remue de toutes les façons, qu'elle fasse de ses mains tout ce qu'il voudra, bref, que son corps ne soit point à elle et qu'elle ne luy puisse rien refuser de tout ce qu'il luy voudra demander. Cela luy tournera tousjours à honneur et profit, de quelque façon que ce soit, car si elle est ignorante ou qu'elle la veuille faire, comme elle ne devra pas sçavoir ce qui est honneste de permettre ou ce qui ne l'est pas, elle aura tousjours bonne grâce de luy accorder tout par amour et de dire cependant qu'elle ne sçait si cela est bien ; et si elle est sçavante et rusée, au contraire, elle auroit tort d'avoir honte d'une chose qu'elle auroit desjà faicte, et elle seroit bien sotte, encore bien que malicieuse, de se priver d'un plaisir qui en devroit tant donner à ce qu'elle ayme. Je veux donc qu'elle soit privée de tous ces scrupules qui vont directement à la destruction du plaisir. Je ne veux pas non plus qu'elle fasse sortir avec la main le membre de celuy qui est bien intentionné à la chevaucher, c'est un trouble qu'elle ne répareroit jamais, mais si elle a quelque chose à luy tesmoigner, que ce soit seulement de bouche, sans user de main mise, et qu'elle l'oblige à user de plus de douceur envers elle en luy disant ses raisons. Il sera peut estre sensible à la pitié ; au pis aller, si elle ne le peut esmouvoir et qu'elle trouve le membre un peu trop gros, je veux qu'elle se contraigne pour l'amour de luy, et se laissant surmonter par son propre amour, qui est plus fort que toutes choses, à mesure qu'elle fera ses hélas ! et ses complaintes, il faut qu'elle l'estraigne de plus en plus fort et luy laisse deviner, quand elle crie, si c'est de douleur ou de plaisir.

Fanchon : Ma cousine, quand je vous escoute, ces leçons sont bien esloignées de celles qu'une mère faict à sa fille quand elle lui presche la vertu et l'honnesteté[91].

---

91. Réflexion morale et civile sur la malice et l'ignorance de ce siècle, qui condamne les plaisirs d'amour ouvertement et les approuve en secret, avec la conclusion finale de cet œuvre par deux ou trois petites questions qui ne sont pas hors de propos.

Susanne : Ainsi va le monde, ma pauvre cousine : le mensonge gouverne la vérité, la raison veut reprendre l'expérience, et les sottises s'érigent en titre de bonnes choses. La virginité est une très-belle chose en paroles et très-laide en ses effects ; au rebours, la paillardise n'a rien de plus hydeux que le nom et rien de plus doux que les effects. Les gens mariés paillardent aussi bien que les autres, ils font toutes les mesmes actions et postures, et encore plus souvent que les garçons et les filles ; les plus scrupuleux, c'est toujours le vit au con qu'ils agissent, et la cérémonie ne change rien au mistère d'amour. Mais c'est assez prescher pour un coup, nous ne sommes point icy pour corriger le monde : il faut qu'il y ayt des fols pour faire paroistre les sages, et ceux-cy ont d'autant de plaisir à cela qu'ils sont seuls à le cognoistre et qu'ils se mocquent de la folie des autres.

Fanchon : Ma cousine, c'est bien dit ; au lieu de nous instruire, nous serions les correcteurs sans gages de la folie d'autruy. Chacun vive à sa mode, et pour nous, achevons ce que nous avons commencé, car il me semble qu'il n'y a rien de plus plaisant que l'amour, et toutes les heures qui sont employées à son exercice sont les plus agréables de nostre vie. Vive un bon gros vit bien nerveux et tendu, vive un joly petit con, avec sa mothe velue, qui nous causent tant de délices. Il n'y a le plus souvent que le foutre qui defaut dedans le vit qui faict qu'il ne peut pas si bien bander, mais tant qu'il y en a, nostre con est toujours prest à l'avaller, quand il couleroit en nous tout entier. Chevaucher trois ou quatre coups ne faict que mettre en appétit ; il faut continuer tant qu'il y en a, pour nous donner du passe temps. Je voudrois bien encore vous faire une question : qui sont les personnes le plus propres à traicter l'amour, des femmes ou des filles[92] ?

Susanne : Ce sont les femmes, et sans doute parce qu'elles ont plus d'expérience et qu'elles cognoissent mieux les délicatesses propres à ceste passion.

Fanchon : Et pourquoy est-ce donc qu'il y en a qui ayment mieux les filles ?

Susanne : C'est qu'ils prennent plaisir à instruire des innocentes et qu'ils trouvent bien plus d'obéissance en elles dans les façons de s'agencer, et que leur con n'estant pas si élargi, le vit y est placé plus à l'estroit et donne plus de chatouillement à l'un et à l'autre.

Fanchon : Et pourquoy est-ce aussi qu'il y en a qui ayment mieux chevaucher les femmes ?

Susanne : C'est, comme j'ay desjà dit, qu'elles sont plus habiles à donner de l'amour, aussi qu'il n'y a pas tant de danger à courir avec elles comme avec les filles.

Fanchon : Et quel danger y a-t-il ?

---

92. Qui sont les personnes les plus habiles à traiter l'amour, les hommes ou les filles, et d'où naissent les différents appétits des hommes sur ce sujet.

[93]*Susanne* : Le danger est qu'elles peuvent devenir grosses, et c'est ce qui donne encore de la peine à elles et aux hommes pour empescher qu'on ne le sçache, et quant à eux, il leur en couste bien du bon argent à la justice, quand on vient à le sçavoir, et tout au moins quand il faut payer des nourrices, des loüages de chambres, ou des robes, à cause qu'elles n'ont point le plus souvent de quoy s'entretenir. Ajoute à cela les ressentimens des parents de la fille, qui se veulent venger quelquefois quand ils le sçavent et tirer raison, suivant la coustume, de ceste offence imaginaire. Mais quand au lieu de filles ce sont des femmes[94], dame, le mary sert de couverture à tout, et on dit tousjours, quoy qu'il en soit rien, que c'est luy qui a faict la besoigne ; outre qu'il ne faut point d'argent pour les entretenir, à cause que leur maison est desjà toute faicte, et pourtant on gouste le plaisir d'une part et d'autre avec moins d'embarras, et ils y prennent bien de plus grandes douceurs que s'ils avoyent quelque chose à craindre.

Fanchon : Tellement doncques que je n'ay plus qu'à songer de me marier vistement pour bien passer mon temps et me mettre en l'estat de n'avoir plus rien à apprehender.

[95]*Susanne* : Dame ouy, quand tu seras ainsi pourveuë, tu pourras alors, aux heures de loisir, quand ton mary n'y sera pas, te divertir agréablement avec un autre et passer quelque-

---

93. Qu'il fait mauvais se jouer aux filles, et pourquoy.
94. Conseil pour s'adresser aux femmes mariées.
95. Dernier conseil aux filles pour se marier, pour faire l'amour plus commodément, et le plaisir qu'il y a d'avoir un amy et un mary tout ensemble.

fois de bonnes nuicts ensemble. A ceste heure, tu n'en aymeras pas moins ton mary pour ce petit plaisir que tu luy desroberas, tant s'en faut, car s'il falloit le préférer à ton ami, tu le ferois asseurement ; mais tu gousteras seulement des embrassemens tantost de l'un tantost de l'autre, et ce changement de vit te plaira pour le moins autant que si tu ne mangeois tous les jours que d'une sorte de viande.

Fanchon : Ma cousine, si je vous disois qu'il y a desjà quelqu'un qui m'en conte depuis que j'ay gousté vos instructions et que ces gentillesses d'amour m'ont un peu poly l'esprit, me croiriez-vous[96] ?

Susanne : Est-ce pour le mariage ?

Fanchon : Vrayement ouy, et quoy donc ?

Susanne : Laisse moy gouverner ceste affaire, car c'est mon mestier cela, et c'est un grand hazard, au cas que la personne t'ayme un tant soit peu, si je n'en viens à bout. J'ay faict des mariages plus d'un, penses-tu. Mais voylà l'horloge qui sonne ; adieu, nous parlerons de cela à une autre fois.

Fanchon : Adieu, ma cousine, en vous remerciant.

Fanchon : Adieu, jusques à revoir.

Quo me fata trahunt.

---

96. Résolution du mariage sur ce sujet.

Fin de L'Escole des filles.

LE COMBAT DU VIT ET DU CON ET LES RAISONS DE PERRETTE

Un jour un con fringant, à la rouge babine,
Gros, gras, dur, en bon point, bien refaict de cuisine,
Amoureux, chatouilleux, estincellant de feu,
Qui ne demandoit rien que la dance et le jeu,
Morguoit un pauvre vit, et repliant la joue,
Grimassant de ses dents, il luy faisoit la moue ;
Mesme, pour l'attirer au combat amoureux,
L'alloit injuriant, l'appellant rustre, gueux,
Visage de villain, borgne, camard, jeanfoutre,
Bref, les mots plus picquants sous desdain passoit
outre.
Ce pauvre vit, paisible, oyant ceste leçon,
Blotti dans sa coquille ainsi qu'un limaçon,
Donnant patiemment à son ire des bornes,
N'avoit pour tout cela daigné lever les cornes,
Et mettant une bride à son ressentiment,
On ne l'entendoit pas dire un mot seulement.
Mais du con ce silence irrite le courage,
Son ardeur le suffoque, il s'enfle le visage.
Et pour se soulager et respirer un peu,
Il est contraint d'ouvrir ses deux lèvres de feu.
Ce fut là qu'il fit veoir une montagne ouverte,
D'un duvet tremblottant espaissement couverte,

Et qui depuis le haut de deux costeaux bossus
Par ondes va roullant ses petits poils moussus,
Jusqu'au bord d'une fente à la belle bordure,
Esclatant de vermeille et brillante peinture.
Une ombre claire et fraische à l'entrée de son creux
Le voiloit, le rendant mignardement affreux,
Laissant veoir le dedans, de peau grasse et douillette,
Moins rouge que le drap de couleur fiammette.
Au fond du val rioient milles petit sillons
Sur un champ de gras double, émaillé de rillons.
D'un trou voisin souffloit une subtile haleine,
Rafraischissant partout ce beau taillis de layne,
Où tout autour dormoient mille petits amours
Munis d'autant de pieds que les ans ont de jours.
Au milieu, la matrice, en forme d'une langue,
Paroissoit à tout coup vouloir faire une harangue.
Soudain, dessus le bord avançant son museau :
« Je suis, dit-elle, ô vit, la mort et le tombeau,
Flasque si l'on te voit tant seulement paroistre. »
Alors le vit, mettant la teste à la fenestre,
Descouvre un peu le grouin, sans beaucoup
s'esmouvoir ;
Tastonnant de la teste, il s'efforce de veoir
L'ennemy qui se vante ainsi de le soubmettre.
« Voyons, dit-il, un peu si nous pouvons cognoistre
Qui vous êtes, qui tant d'injures me donnez. »
Et comme il s'avançoit, le con lui crache au nez.
A ce sensible affront la fureur le surmonte,

De colère le sang au visage luy monte ;
Il rengaigne pourtant, et faict reflexion
De quelle sorte il doibt porter ceste action,
Et son muffle bouffy, vomissant la fumée,
Faict bien veoir que son ame estoit tout allumée :
Il s'enfle, il se roidit, il devient enflammé,
Et d'un vent de fureur il devient animé ;
Resous de se bien battre et rompre toute trefve,
Par eslans redoublez son eschine s'eslève.
Cerchant son adversaire en lion rugissant,
Il le trouve, il l'attaque, et par un pas glissant,
En allongeant son coup, il s'engage à la passe,
Engaignant brusquement le con qui le menace.
Tout ravy d'avoir joint ce superbe ennemy,
Il est bien resolu de n'en faire à demy ;
Voulant vaincre ou mourir, il vous pousse et repousse
Sa lame dans la playe, avec mainte secousse,
Tel qu'un sanglant boucher qui pousse son couteau
Par des coups redoublés dans le col d'un agneau.
Il coigne, il se demeine et de cul et de teste,
Il s'employe au combat, plus fier qu'une tempeste
Qui, maistresse des airs, ne cesse d'attaquer
De la gresle et du feu le sommet d'un rocher.
Le con s'en prévalant, avec ses saffres lippes
Lui presse l'estomach, lui faict crever les trippes,
Luy faict cracher du sang et revomir dehors
Tout ce que le pauvret avoit dedans le corps.
Tenant le vit aux crins, il le gourme et pelote

Et luy donne cent coups de matrice et de motte,
Tant que le pauvre vit, affoibly de ces coups,
Sentit diminuer sa force et son courroux.
Tous ses efforts descheux irritent la blessure
Dont le con enfouré luy crève la tresseure,
Et d'où soudain sortit comme un torrent de sang
Que la chaleur avoit changé de rouge en blanc.
Tous deux esvanouis tomberent en ces termes,
L'un sur l'autre estendus, barbottant dans les spermes.
Tel fut donc le combat et l'avantage esgal.
Mais on dit que du vit la blessure va mal,
Ayant esté frappé d'une lame rouillée
De tant de sangs divers dont elle estoit souillée,
De cancer et vérole, *emplastrum* et *pulvis*,
Peste de la santé, mortel poison des vits.
Joint qu'on dit que le coup lui respond dedans l'ayne,
Où il se pourroit bien former une gangrène.
Mais on dit que le feu, qui purifie tout,
Avec deux mois de jeusne en peut venir à bout.

DIALOGUE ENTRE LE FOUTEUR ET PERRETTE

LE FOUTEUR.

Perrette, dites moy, par forme d'entretien,

Quand vous foutez, mon coeur, cela vous faict-il bien ?

PERRETTE.

Hé ! doutez vous, monsieur, que cela me chatouille ?

LE FOUTEUR.

Mais dites, aimez vous qu'il degoutte et qu'il mouille ?

Car j'en cognois, parmy le sexe féminin,

Qui nous disent quasi que le foutre est venin,

Et n'ayment rien sinon que le membre les frotte.

PERRETTE.

Femme de cest avis n'est qu'une femme sotte

Et ne sçait pas le prix d'une telle action ;

Quatre mots serviront pour sa conviction :

Toute andouille sans jus, sans graisse et sans substance

N'est pas, en croyez moy, trippe pour nostre pance ;

Employez à la terre et les jours et les nuicts

Et par des soins fréquents demandez luy des fruicts,

Vous avez beau donner vos soins et vostre estude,

Pour penser triompher de son ingratitude,

Avant qu'elle vous donne en ses flancs refouillés

Signe par une fleur que vous la chatouillez :
Si vous ne l'arrosez, la peine est superflue.
Tout de mesme en est-il d'une femme foutue,
Car l'humeur du vit est de matrice appeté
Comme eau d'un terroir secq en la plus chaude esté ;
Et sans son émission que nature souhaicte,
Ceste noble action est du tout imparfaicte,
Et le vit d'un chastré nous seroit aussi cher
Qu'un gros vit succulent, rubicond, plein de chair.
Et à quoy serviroient ces fameuses ovales,
Ces grelots amoureux, ces charmantes cimbales
Jointes à ce villain qui s'efforce à taston
De gagner en foutant la part de son tirton ?
Dans ce doux remuement, le cul faict les minutes,
Les coüillons sonnent l'heure au plus bas de la butte,
Ou bien sans ces deux cy, manquant de contrepoids,
L'horloge est immobile et la cloche sans voix.
Ceste blanche liqueur, si douce et tout aymable,
Rend les désirs contents et le sort favorable.
Le poisson nous enseigne, au profond de la mer,
Le mistère de foutre, et les oiseaux en l'air
Nous asseurent qu'il faut de ceste admirable onde
Pour pouvoir provigner la grand' race du monde.
Ainsi femme qui dit que le vit sec est bon
Voudroit oster la saulce et le sel au jambon,
Ce qu'il est de plus doux en toute la nature
Et qui donne la vie à toute créature.

Pour punir telle femme et tel vit, désormais
Il les faut condamner à ne foutre jamais !

LE FOUTEUR.
Perrette, vous avez l'appétit bon, sans doute :
Allez vous en chercher quelque autre qui vous foute.

Fin.

Table des matières

ISBN ebook : 9782512008323
ISBN papier : 9782512009528
Dépôt légal : D/2018/12603/124

Couverture : © Hélène Massart

Conception numérique : Primento, le partenaire numérique
des éditeurs

9 782512 009528